Verdades inventadas

Ivani Cardoso

Verdades inventadas

Copyright © 2025 Ivani Cardoso
Verdades inventadas © Editora Reformatório

Editor:
Marcelo Nocelli

Revisão:
Marcelo Nocelli
Natália Souza

Imagem de capa:
Pintura de Clarice Lispector – Sem título, 1976 – óleo sobre madeira. (IMS)

Design, editoração eletrônica e capa:
Karina Tenório

Dados Internacionais de Catalogação na Publicação (CIP)
Bibliotecária Juliana Farias Motta CRB7/5880

Cardoso, Ivani
    Verdades inventadas / Ivani Cardoso. – São Paulo: Reformatório,
2025.
    120 p.: 14x21 cm.

    ISBN: 978-65-83362-08-7

    1. Contos brasileiros. I. Título.
C268v   CDD B869.3

Índice para catálogo sistemático:
1. Contos brasileiros

Todos os direitos desta edição reservados à:

Editora Nocelli Ltda
www.reformatorio.com.br

*Aos meus filhos Mario e Cinthia, minha
nora Roberta e minhas netas Julia e Helena.*

*A todas as pessoas que me querem bem
e fazem parte da minha história.*

Sumário

Prefácio por Ignácio de Loyola Brandão — Se tivéssemos controle! 11

A sinfonia de Elisa 17

Uno 25

A Cópia 29

Dia de Clarice 34

Todo dia ele faz tudo sempre igual 40

Voar é com os pássaros 43

Como um folhetim 47

Noites de terror 50

O equilibrista do metrô 57

No País das Maravilhas 61

Teresinha 65

Constelação 67

A mulher do Orlando 72

Perseguição 75

Casamenteira 79

Voltar ao pó 82

O batom da mãe 86

Branca, gelada e odiosa ou Perseguição II 88

Visita 93

Videntes 95

Água corrente 97

Feliz natal 98

Ano Novo 99

Dia das Mães 100

Aplausos 101

Lugar vazio 102

Neblina 103

Praia 104

De volta 105

Meia-noite 106

Fotografia 107

Ouvidos moucos 108

Perdão 109

Ponto final	110
Querências	111
Recontar	112
Repouso	113
Jogo das cadeiras	114
Sobre girafas e dor	115
Tarô maldito	116
Pedaços de mim	117
Agradecimentos	119

PREFÁCIO

Se tivéssemos controle!

Ignácio de Loyola Brandão

Fui um afortunado em minha carreira jornalística. Aos 25 anos estava trabalhando no jornal Última Hora, ao lado de Ricardo Ramos, filho de Graciliano, o velho Graça. E ele ia me passando dicas fundamentais sopradas pelo pai. A mais severa: "a palavra não foi feita para enfeitar, e sim para dizer". Ou seja, corte, elimine, reduza. Uma outra sintetizava o nosso ofício: "se achar absurdo, veja como o absurdo faz parte do nosso cotidiano". Outra que me pareceu esquisita, mas tenho usado (e acertado) em minha vida. "Leia o final e saberá se vai ter vontade de ler o livro, o texto, o que for". Uso ainda em minha vida estas duas "técnicas". Sempre as usei quando fiz oficinas literárias. Na que fiz em Santos, no SESC, há décadas, descobri um texto que me encantou. Pensei: esta é uma escritora.

VERDADES INVENTADAS 11

Nos perdemos de vista, ela fez jornalismo, nos distanciamos e, agora, surgiu com este livro de contos. Este. Atravessei-o do fundo para a frente. Depois, da frente para o final. E me deparei com uma escritora que me incomodou, e quando incomoda é porque está nos testando, às vezes irritou, mas, acima de tudo, me encantou, porque não faz concessões. Ivani atravessa lados da vida que evitamos e escondemos e nos afligem, ainda que tenham humor, manipulando-os como uma controladora de títeres movendo cordéis. Veja histórias como *Voltar ao pó, Noites de terror, O batom da mãe, Recontar.* Para citar apenas algumas em que ela faz você gritar: aqui sou eu, acontece comigo, que irritante, por que não tomar tal atitude?, o que vai dentro desta cabeça?, pobres pessoas, malditos sofrimentos, ansiedades, buscas. A cada texto você questiona: estivesse nesta situação, saberia o que fazer? Veja o conto em que, após algumas questões cotidianas desesperadoras que afluem à personagem, conclui, vitoriosa, que ainda tem em mãos o controle remoto para mudar de canal. E se tivéssemos esse controle para a vida? Quantos momentos vivemos, lemos, e desejaríamos mudar de canal? Quem consegue isto, como Ivani faz?

Eis aqui uma escritora que chegou para ficar. Econômica em palavras, riquíssima em assuntos. Todos do cotidiano. Muitas vezes, imagens me passaram pela cabeça. Ivani: Nelson Rodrigues. Ou Ivani: Clarice. Ou

Hilda Hilst. Súbito, é Antonio Maria. Mas o tempo todo é Ivani. Ela circula do gelo ao ferro quente, da angústia ao sorriso. Ao chegar aquele momento em que a personagem compra uma lagartixa de borracha com quem conversa, a quem conta piadas, lê prosa, leva escondido para tomar café na padaria, é puro Kafka, Brasil de hoje, mundo perdendo o sentido, encanto. Aqui temos uma escritora. E que escritora.

*Não quero ter a terrível limitação de quem
vive apenas do que é possível fazer sentido.
Eu não: quero uma verdade inventada.*

Clarice Lispector

A sinfonia de Elisa

Tudo parecia perfeito. Ela, a vida, a cozinha, o bolo. Lembrou de "Mrs. Dalloway", de Virginia Wolf, com ternura. Era só mais um dia na vida de uma mulher. Ela era a mulher. Mas havia algo de estranho. Sentia que a felicidade parecia emprestada, de outra mulher, que não ela. As emoções naufragavam no meio da farinha, dos ovos, da manteiga e do fermento, ondulavam nas paredes da cozinha, e ficavam à deriva na vida, que, esta sim, era a dela. Tentou retomar o leme, mas o vento soprava forte. Derramou-se na forma do bolo. Fechou o forno e os desejos.

1º Movimento

Em 1925 não era fácil ser mulher e mãe. Elisa queria mais. Seu mundo às vezes virava de ponta cabeça e ela se perguntava o que estava fazendo ali. Não se reconhecia no cenário cotidiano de uma família feliz. Lavava, passava, cozinhava, tomava conta do filho, tudo como era o esperado. Mas parecia que não era ela. Às vezes, o filho chorava e ela aflita, olhava para ele como se fosse um estranho. um estranho que veio das suas entranhas.

O desejo de ser mãe sempre foi forte, mas os sonhos foram invalidados pelos caminhos da vida. A narrativa foi mudando com o tempo e não conseguia frear o desassossego da sua mente intranquila.

O filho chorava de novo. Abriu a porta pintada de arco-íris e entrou na espiral do quarto, onde carrinhos, berço, quadros adornavam um mundo de fantasia, que também não era o dela.

Olhava as amigas amamentando seus bebês e não se imaginava naquele papel. Um ser estranho sugando os seios, como sentir prazer e manter a expressão de felicidade. Era tudo falso, só podia ser.

Quando o marido pedia por um filho, tentou explicar que não era o momento, mas ele insistiu, parecia que dependia de um filho para se afirmar no mundo.

Foi difícil celebrar a gravidez. Bem que tentou evitar, mas nem isso deu certo. Até rolou alguns degraus da escada, mas só o joelho e alma saíram machucados. E a barriga cresceu como uma semente bem plantada. Os pés incharam, o corpo doía e se estranhava. Odiava sentir o movimento. Diziam sorrindo que eram os pezinhos chutando para sair. Que agora, estava ali, vistos ao alcance dos olhos e não mais só imaginados. Novamente o choro irritante. Quando Elisa se aproxima do berço, ele para. Sabia que ele estava tentando seduzi-la, só podia ser. Quando ela chega perto, ele sorri, e ela chora. Eram como músico e maestro atropelando a sinfonia da vida.

2º Movimento

A "Sinfonia número 5 de Beethoven" encheu a sala e ecoou no fundo da sua alma. A solenidade triste da melodia lembrava uma marcha fúnebre com emoção e beleza. Sentou-se diante da máquina de escrever. Escrever sobre a morte ou sobre a vida? Desde pequena gostava de pensar na finitude como um grande acontecimento. Era repreendida pelos pais, que não entendiam sua fixação. Passaram-se os anos, mas a fascinação pela transitoriedade da vida, não.

Não tinha medo de morrer, o maior medo era não saber viver. Estava ficando cada vez mais difícil esconder o desconforto, tentar sorrir e requentar histórias para entabular diálogos perdidos. O marido, sempre com o olhar compreensivo, trazia flores, oferecia carinho, perguntava se não era melhor tratar aquela tristeza infinita no olhar com remédios que o farmacêutico poderia conseguir.

Tudo ficava pior quando o filho chorava. Era insuportável ouvir o choro e sentir todo o corpo paralisado.

Ouviu "A Força do Destino", de Verdi, e a melodia intensa se transformou em um labirinto de lembranças. Aceitava a vida como uma grande sinfonia inacabada, onde notas inesperadas selavam seu destino. Não aceitava o choro, persistente, irritante.

Deixou vagar o pensamento e o olhar sem vestígios. Mas bem sabia que os movimentos afinados um dia se desatariam, deixando ao léu todos os instrumentos. Era só uma questão de tempo para a desarmonia calar todos os sons dessa obra errante.

3º Movimento

Precisava respirar. Sempre gostou de caminhar na praia ao entardecer, conseguia surfar em seu mar de inquietações e chegar à margem com mais segurança. Só de olhar as ondas e a nesga de sol no horizonte, encontrava o rumo perdido. Mas naquele dia, a mesma paisagem aturdia seus pensamentos. Entrou na água, e cada vez mais afundava lentamente.

Como navegar sem mastro e sem vento quando o coração adernado não encontra a proa? Nas idas e vindas do amor, o oceano era seguro, mas agora não. Encalhou exaurida em lágrimas. Guinou os pensamentos e percebeu que a bússola apontava para a hora da maré. Retomou o leme e fundeou a âncora no cais de um outro tempo. Era noite, hora de voltar para a casa. Uma casa que não sentia como sua. Para um marido e um filho que não eram seus.

Ao sair do mar, a luz da rua iluminou um velho banco. Elisa sentiu um aperto no coração, e pensou que ela e o velho banco podiam compartilhar histórias. Contar que ela também aprendeu a tirar as pedras do caminho. Que conseguiu transformar a sombra em claridade. Que estava tentando resistir à solidão e à chuva de lágrimas.

Achou bom ficar sozinha, sem inquisidores, sem choros, sem a necessidade de ser a mulher que esperavam dela. Era uma e era muitas também. Não sabia mais quem era agora como dona daquele espaço em branco.

Pensou no filho chorando e lacerou o braço, um corte perto do pulso. O sangue jorrou. A segunda pele é mais resistente. Sentiu a coluna se alongar e a respiração ondular no universo do seu corpo. Escaneou a mente em alerta, modulou a voz e sibilou baixinho, camuflando a dor, a culpa e a raiva. Com a língua de fora, rastejou com as forças que sobraram, até chegar em casa. O marido e o filho não estavam.

— Preciso de um café bem forte.

Não queria morrer com o próprio veneno. Já vivera outras mortes e sabia que não gostava do final. Abriu as asas para um novo amanhecer fora de hora. Talvez um dia, quem sabe. Estendeu os braços e abraços para as cores latejantes dos chamados urgentes. Deixou a emoção lagarta e medrosa de lado, e mais uma vez se transformou. Bateu e se debateu nas sombras tentando se agarrar ao sonho. Acordou no chão, sem terra, sem água, fogo e sem ar. Era mesmo uma metamorfose e conseguiu sobreviver.

O marido e o filho não voltaram. Nunca mais.

4º Movimento

O tempo cura tudo. Frase feita, mas real. Volta e meia as lembranças apertavam o peito. Imaginava sem querer imaginar o filho crescendo sem ela. Melhor, bem melhor. Como seriam seus traços, teria algo do avô que ela tanta amava? Ou a ironia da mãe, sempre pronta a reduzi-la em mil pedaços? Se pudesse escolher, gostaria que fosse parecido com ele, o marido, um homem bonito e bom. Deve ter criado bem o filho, queria tanto. Será que encontrou alguém para assumir o seu lugar?

No trabalho conseguia se superar. O chefe elogiava. Estudava muito, aprendia. Os homens do escritório a olhavam com desprezo. Era melhor do que eles, era mesmo. As poucas mulheres a tratavam com frieza. Sentia a inveja correndo nas veias. Tentavam fazer perguntas da vida pessoal, mas aprendeu desde cedo a se defender.

No dia em que o filho completaria 17 anos bem que tentou fazer uma oração. Em vão. Nem sabia mais rezar ou agradecer. Uma idade bonita. Do que será que gosta? Tem amigos, é alegre? Logo vai escolher uma profissão. Afastou os pensamentos. Pela primeira vez, em tanto tempo, era o centro do universo e autora da melodia que escolhera para trilha da própria vida.

A "Sinfonia nº 1 em dó menor" de Johannes Brahms marcou a passagem das estações neste novo tempo. Naquele dia, Elisa amanheceu com a alma vestida de flor. Foi espalhando pétalas de alegrias pela casa, a primavera tinha voltado para a sua vida. Hibernou em invernos intermináveis para escapar da dor. Difícil desabrochar quando não se tem terra suficiente para reagir com lógica. Ou quando falta o ar nos dias em que o retrovisor descamba para o passado.

Ela passou por oceanos de mágoas até se reencontrar no fogo de uma paixão. Desconcertante contar o seu tempo comparado com o dele, bem menor. Mas a nova estação semeia audácia e enterra os medos. E agora já sabe que não precisa mais de certezas ou de aprovações. Aprendeu a alquimia de não ter vergonha de ser feliz.

A imagem no espelho sorria para ela. Sempre se achou o patinho feio. Em casa, na escola, na vida, no trabalho. Mas hoje, não. Era o seu dia de bonita. Foi buscar o feminino perdido há tanto tempo. Escolheu um vestido vermelho para alegrar os olhos casmurros. Passou pó, batom e lápis, com gestos lentos para contrapor as emoções apressadas. Prendeu os cabelos despenteados e gostou do que viu. Nos fragmentos da memória lembrou de enquadrar com a maçã transgressora aquele momento. Abriu a porta, sorriu e caminhou para encontrar o destino.

Gran Finale

Na rua, Elisa ainda ouviu o som do Adágio de Albinoni vindo da casa. Nem percebeu uma sombra se esgueirando atrás dela. O cheiro da mãe entrou irritante pelas narinas do garoto. Mas aquela mãe não era a sua. Era apenas uma mulher. O filho sabia que a apoteose ficaria por conta dele, quando os dois, finalmente se reencontrariam no inferno.

Uno

> *"Uno, busca lleno de esperanzas*
> *El camino que los sueños ..."*

Tango sempre mexeu com Gilda. Lembrou que leu em algum lugar que o tango é um pensamento triste que se pode dançar. Imaginou sua vida no compasso de um tango. O passo ao lado, tentando equilibrar o real e o sonhado, nas cordas de um cotidiano em polvorosa com as emoções. O passo em frente, avançando para resgatar seu lugar no mundo. E ainda tem o passo atrás, trágico, dramático, o recuar para os tempos em que o improviso rompeu todas as amarras.

Quando nos conhecemos em Buenos Aires, em uma reunião de negócios, já senti o estranhamento entre nós. Um olhar, o sorriso, uma troca de gentilezas.

*Na hora do cafezinho, entregou a xícara e nossas mãos
se roçaram na passagem.*

Nas primeiras conversas de trabalho, ele contou da
família com orgulho, quatro filhos homens, uma esposa
tranquila e dedicada, fazia a melhor empanada do mundo. Mas os olhos grudavam em mim. Eu sentia e desviava, tentando parecer natural. Na hora das refeições, ele
dava um jeito para ficar ao meu lado. E quando todos
levantavam a taça de vinho para brindar ele terminava
com: aos bons momentos, olhando para mim. Procurava pensar em Marcos e mal chegava no quarto ligava ou
mandava mensagem, terminando sempre com saudade.

Do que mesmo?

*O vinho foi além e as emoções escorriam pelas bei-
radas. Senti que uma trepadinha não faria mal. Não
seria a primeira vez... A diferença agora é que estou
envolvida, querendo sexo. E sei que ele também quer.
Às vezes olho para as pessoas tentando saber se estão
percebendo. Quero experimentar e sei que vou con-
trolar o depois. Por que não?*

Quando Gilda se levantou, ele seguiu atrás. Ela imaginou a cena clássica do elevador. A porta fechando e
eles se tocando fartos. Não foi assim. Não teve falas ou
toques. Desceram no mesmo andar, quartos encostados.
Um boa noite rápido, o bater de portas suave como quem

quer abrir. Respirou fundo, se jogou na cama e percebeu que há muito não ficava assim.

Surfavam o quarto e a vida.

— *Perdi a hora, desculpem. Fiquei corrigindo o trabalho final até tarde. Você entregou seu relatório? Trouxe as malas? Comprou as lembrancinhas que faltavam?*

Mal se falaram no aeroporto. Abraço rápido, convencional. Nunca mais, foi o pensamento mais forte de Gilda. Nunca mais. De volta pra casa, enredo ensaiado, esperado. Não era ruim, chegava a ser bom. Mas, para sua surpresa, uma mensagem chegou, com um convite para um encontro.

*nossa, que bom que você veio me encontrar tenho pensado em você — quase liguei e desisti fucei suas redes sociais olhei as fotos com seus amigos, com sua família desculpe estar falando assim sem pontuação e sem desvios desculpe querer estar aqui desculpe querer você com uma força estranha e tamanha tão grande lembra da canção? **d**esculpe não querer perder tempo desculpe por esse convite absurdo — vamos para um motel?*

Foi um mês nos compassos do tango. Paixão sem tempo para maturar, desembestada. Encontros e desencontros ao sabor da vida dos outros. Quartos diferentes para sentimentos e usos plurais. Sentiam falta um do outro e não queriam ter memória. Nem culpas. Espólios que levavam para casa e pareciam sem ponto de retorno. Um vai e volta na espiral escura e solitária dos sem certezas. O trabalho acabou e ele voltou para Buenos Aires, para a esposa, para os filhos. Nunca mais ligou ou escreveu.

> *Você está diferente, eu sei. Quer terminar? Se não quer, por que está chorando? Fica comigo, se para você não faz diferença, para mim faz. Não pode fechar nossa relação assim. Estamos juntos há tantos anos. Eu te amo, fica Gilda. Fica ...*

Acabou ficando.

Gilda ouviu Uno mais uma vez.

Marcos viajou no final de semana e ela agradeceu o espaço.

Ouviu de novo.

E outra e outra, mantendo a postura de uma dança que ainda não aprendeu a dominar.

Nem a esquecer.

A Cópia

A alma estropiada tem cura?

Os pensamentos fervem na manhã gelada e, mesmo com o sol, o frio congela o corpo adestrado pelos fortes medicamentos. O banco também está frio, ainda assim, Uma nem pensou em se mover dali. Dentro daquela casa enorme e cheia de quartos com gemidos era muito pior.

Na madrugada ouviu gritos e barulhos no quarto ao lado do seu. Não queria levantar, melhor ficar quieta e esquecer. Mas a curiosidade falou mais alto, não resistiu e olhou pelo buraco da fechadura. Dona Irene, estava sendo arrastada pelos enfermeiros como se fosse um trapo.

Uma sabia que estava sendo vigiada, mesmo na solidão. Os sentimentos surfavam e a única vontade era fugir dali, buscar novamente a liberdade.

— Como você está hoje, Uma?

Olhou para o dr. Alberto e balançou a cabeça. Sem vontade de falar.

— É para o seu bem.

Foi exatamente isso que ele disse, quando ouviu sua história e chamou os enfermeiros para levá-la para a clínica. Chorou, implorou, disse que não era louca, que ele entrou no jogo da Outra e do pai. Em vão. Amarraram suas mãos. Nem a camisola pode tirar. Zulmira, a irmã, a abraçou, e ainda tentou argumentar com o pai, Dr. Jorge.

— É mesmo preciso?

— Com ela aqui todos corremos riscos. Lá ela será tratada com carinho, e terá os cuidados que precisa para voltar ao mundo real.

Tudo isso parecia um pesadelo, mas não era, e agora estava ali.

— Uma, você tem que fazer sua parte no tratamento. Não é só remédios, precisa ajudar na psicoterapia e participar das atividades em grupo.

— Não sou louca! Quero sair daqui!

— Você está aqui há um mês, mas não colabora, assim fica mais difícil para todos nós, inclusive para você voltar para casa.

Ela virou as costas. Ele deu de ombros e se afastou. Talvez amanhã estivesse melhor e aceitasse o diagnóstico e o tratamento.

As palavras duras do médico não saíam da sua mente.

No dia seguinte, ele insistiu:

— Uma, você tem esquizofrenia paranoide, caracterizada por alucinações, delírios, sensação de perseguição e ideias sobre conspirações. Suas alucinações e delírios giram em torno da presença dessa Outra em sua vida. Mas ela não existe, Uma. Você a criou e só você pode afastá-la de vez e ter uma vida normal.

Não acreditava em nada disso. Comportamento bizarro era o dele. Agora a Outra tinha sumido, mas sabia que voltaria com o tempo. Ela sempre voltava. Todos os dias vasculhava o espelho do banheiro, do quarto. Certa vez, não resistiu, e chegou a arrancar o espelho da parede para ver se não havia alguém no reverso. Olhava embaixo da cama, abria o armário, tirava tudo de lá e inspecionava-o inteiro com cuidado. Na hora das refeições, aceitava com desconfiança. E se a Outra tivesse colocado veneno?

Depois de quase dois meses, vencida pelo cansaço e o marasmo, resolveu falar. Do nada, numa das sessões com Dr. Alberto, em que sempre permanecia calada, soltou a voz dos tempos. Contou da infância, da adolescência, da vida adulta. Falou sobre o comportamento dos pais, da irmã, que nunca acreditaram nela. Falou sobre os tantos psicólogos pelos quais passou. Falou, enfim, sobre as aparições da Outra, desde o começo.

Dr. Alberto ficou entusiasmado com o progresso. Foi carinhoso, explicando os comportamentos obsessivos. Uma longa sessão de quase duas horas, que terminou com um abraço. Dali em diante passou a confiar no médico, e as sessões seguiram. Uma nesga de luz surgiu para Uma, quem sabe ele estava certo e o enredo poderia ter um novo final? Os remédios, fazendo efeito, ela se sentindo mais forte, participando das atividades da casa, começou até a escrever. Decidiu que escreveria a sua história.

E foi fácil escrever. A partir da primeira frase: *Eu sou Uma, e não quero ser Outra na minha vida*, as palavras saíram fácil. Misturou realidade com ficção e virou protagonista, mapeando fatos, construindo situações e revisitando memórias quase esquecidas.

Seis meses depois, teve alta. Dr. Alberto passou todos os contatos, reforçou a importância de manter a terapia e os remédios controlados. Leu a sua história e se emocionou. Voltou várias vezes ao segundo capítulo, onde ela contava sobre a primeira vez que a Outra apareceu. Um tempo de angústia, silêncio e solidão que nunca mais terminou. Se ofereceu para, depois da história concluída, com as devidas revisões, enviá-lo a um paciente, dono de uma editora. Dr. Alberto era muito mais que um médico, era um Anjo da Guarda. Era assim que pensava nele.

Fora da clínica, a irmã providenciou um apartamento pequeno para Uma. Quando entraram pela primeira vez, Uma se emocionou. Bolas de gás coloridas, como nas festinhas da infância. Arrumaram algumas coisas, conversaram, ouviram música, dançaram. À noite, pediram uma pizza de atum, deram boas risadas.

— Bom, agora você precisa descansar, foi um dia cheio. Amanhã eu volto. Mas qualquer coisa que precisar, me liga.

Uma agradeceu, fechou a porta e respirou fundo.

Deitou na cama de lençóis cheirando a lavanda. Olhou para o travesseiro ao lado e sorriu.

— Nossa, eu já estava sentindo muito a sua falta!

Dia de Clarice

Acordei Clarice. Olho no espelho e não me vejo. Só vejo Clarice. O olhar definitivo, como seus textos. Vem uma reprimenda interna, tento ignorar. Quem eu penso que sou para ser Clarice? Olho de novo e lá está a mulher elegante que eu conheço dos livros, fotos em preto e branco. Fico deslumbrada com a imagem misteriosa. Lembro do conto *Encarnação Involuntária* e me sinto mais Clarice.

> *"Às vezes, quando vejo uma pessoa que nunca vi e tenho algum tempo para observá-la, eu me encarno nela. Preciso prestar atenção para não encarnar numa vida perigosa e atraente e que, por isso mesmo, eu não queira o retorno a mim mesma".*

Veio a imagem do meu pai, certa vez, dizendo que eu não estava bem, que eu deveria fazer uma cura de banho de mar antes de o sol nascer. Eu até me vi de maiô de bolas, feliz na praia. Será que isso aconteceu comigo ou é uma memória de Clarice? As histórias se misturam.

E o pior, ou melhor, é que não quero voltar para mim. Quero ser Clarice no mergulho profundo da existência. Sou como ela, acho que temos o direito de deixar o barco correr, as coisas se arranjam, não é preciso empurrar com força. Não me forcei a ser Clarice, simplesmente sou, e pronto.

"E quero a desarticulação, só assim sou eu no mundo. Só assim me sinto bem".

Temos muito em comum. Eu e ela fizemos Direito e Jornalismo. Eu e ela gostamos de escrever. Uso a primeira pessoa. Mas a parecença termina aí. Não sou escritora, não tenho a vocação fincada no peito, na alma. E não tenho talento para conduzir os leitores às profundezas do que sinto num monólogo permanente. Mas se para mim é impossível, também não foi fácil para ela, como confessa em *A Descoberta do Mundo*:

"Escrever sempre me foi difícil, embora tivesse partido do que se chama vocação. Vocação é diferente de talento. Pode-se ter vocação e não ter talento, isto é, pode-se ser chamado e não saber como ir."

Volto ao espelho. Continuo Clarice. Não é sonho. Como ela disse um dia, o que eu desejo não tem nome.

E às vezes eu me sinto um brinquedo a quem dão corda e quando acabar não terei mais vida.

"Se me achar esquisita, respeite também. Até eu fui obrigada a me respeitar."

Desço as escadas com a blusa preta e a saia ampla plissada abrindo caminho para sentar na máquina e assumir a linguagem poética e inovadora que nunca tive. Tenho uma pilha de livros, mas não os reconheço como meus. E Clarice, será que ela gosta de estar em mim? Paro em um trecho de *Perto do Coração Selvagem* e leio alto, várias vezes. Procuro meu timbre, mas só acho o dela.

"Continuo sempre me inaugurando, abrindo e fechando círculos de vida, jogando-os de lado, murchos, cheios de passado."

Tento pegar um cigarro Hollywood com graça. Inútil, não sei fumar. A fumaça me invade, vem a tosse e o choro. Volto ao espelho, olho de lado como ela. Continuo Clarice. Não quero dormir e acordar eu mesma. E sei porque sinto isso. Está lá bem escrito, no livro *Uma Aprendizagem ou o Livro dos Prazeres*.

"Mas existe um grande, o maior obstáculo para eu ir adiante: eu mesma. Tenho sido a maior dificuldade no meu caminho. É com enorme esforço que consigo me sobrepor a mim mesma."

Quero escrever para salvar a vida de alguém, ou a minha própria vida, quem sabe. Em cima da cama está aberta a página de *Água Viva*. Será que foi ela que deixou ali? Eu releio:

"Não quero ter a terrível limitação de quem vive apenas do que é passível de fazer sentido. Eu não: quero é uma verdade inventada."

Chegaram os jornalistas. Não gosto deles, querem me virar do avesso. Vão notar que meu coração embranqueceu como os cabelos embranquecem? Se eu contar da barata grossa que encontrei no quarto da empregada ninguém vai acreditar. Se Clarice vivia se explicando que não era um mito e sim uma pessoa qualquer, eu o que sou?

Sou Clarice!

Meu rosto parece uma máscara. Entrevistas só deveriam ser publicadas após a nossa morte. Respiro fundo e meus olhos de piscina, como disse um dia Manuel Bandeira, encaram a jornalista que me pergunta:

Você tem medo da morte?

"Não tenho. Eu escrevo simplesmente como quem vive. Por isso todas as vezes que fui tentada a deixar de escrever, não consegui. Não tenho vocação para o suicídio."

Muitos escritores dizem que escrevem para ser amados e você?

"Eu não escrevo para ser amada. Escrevo, às vezes, porque estou precisando de dinheiro. Eu queria ficar calada. Há coisas que nunca escrevi, e morrerei sem tê-las escrito. Essas por dinheiro nenhum. Há um grande silêncio dentro de mim. E esse silêncio tem sido a fonte de minhas palavras. E do silêncio tem vindo o que é mais precioso que tudo: o próprio silêncio".

O que gosta de ler?

"Tenho lido o que me cai nas mãos. Caiu-me plenamente nas mãos Madame Bovary, que eu reli. Aproveitei a cena de morte para chorar todas as dores que eu tive e as que eu não tive. Agora estou lendo Simenon; quando pego não largo mais".

O que é mais importante para você?

"Quero continuar escrevendo para livrar-me de mim. Baseei toda minha vida em escrever e se cortar esse desejo não sobrará nada".

Você gosta de bichos?

"Me dou muito bem com bichos. Somente quem teme a própria animalidade não gosta de bichos. Meu Cão Ulisses está sempre ao meu lado".

Você se considera uma grande escritora?

"Eu não me acho nada, só escrevo. Recebi uma carta do Fernando Sabino, e ele disse que estou escrevendo como ninguém... Para mim, basta!"

Qual seria a frase da lápide do seu túmulo?

"Que não lamentem os mortos. Eles sabem o que fazem".

Interrompo a entrevista, viro as costas sem me despedir dos jornalistas. Estou cansada, sei que não estou bem, mas vou continuar escrevendo para livrar-me de mim. Espero escrever até morrer, mesmo que não veja mais sentido.

Eu me olho no espelho. Estou abatida, não gosto da imagem. Amanhã vou chamar Gilles para aplicar uma maquiagem permanente, cílios postiços e sobrancelhas de um tom mais claro ajudam.

Olho em volta, estou cercada por revistas e jornais, a máquina de escrever ao meu alcance. Sinto um misterioso cheiro de âmbar no ar, gosto porque me traz lembrança de inspiração.

Quero adormecer. Estendo a mão direita marcada pela cicatriz de uma queimadura no incêndio em casa, há anos. Pego os comprimidos.

, eu já estou no futuro:

Todo dia ele faz tudo sempre igual

Acordo todos os dias antes das seis da manhã e o ritual é o mesmo. Vou até a janela, agradeço a vida e procuro no meio da paisagem sonolenta da manhã meu amigo anônimo.

A visão do décimo terceiro andar não ajuda a identificar o rosto, mas o jeito de andar e a roupa preta são inconfundíveis. Indiferente aos carros que transitam pelo viaduto, ele sai do nada em um ponto qualquer. Anda apressado, com as mãos nos bolsos parecendo caminhar para um destino certo. E eu fico me perguntando: qual?

O que chama atenção, desde a primeira vez, é o porte elegante. O homem é alto e magro, e daqui do alto, vejo que veste um paletó preto, que deve estar puído, mas mesmo assim tem estilo. Estou imaginando?

Onde será que toma banho? Talvez a primeira parada matinal seja atrás daquela árvore maior, longe dos curiosos para desaguar as necessidades. Ou a busca de um café com pão em uma padaria que aceita cliente fiado e ferrado, ou quem sabe a caridade de alguém.

Em dias de frio e chuva eu vou até a janela à noite também, mas meu amigo nunca aparece. Torço para que esteja abrigado do vento, que tenha recebido uma sopa quentinha e um olhar aquecido de voluntários mais prestativos do que eu, esta que apenas olho pela janela e não sai da posição de espectadora fiel e passiva do drama que preenche as manhãs.

E quando vou para a cozinha coar o meu café, tento construir as respostas para as perguntas sobre o homem de preto. Perdeu o emprego? Teve esposa, filhos, um lar? Passou por uma grande tristeza, largou tudo e foi para as ruas. Viveu um grande amor que se foi?

Ele não parece triste. Bem que gostaria de descer, oferecer um café, um sorriso, talvez uma história ou uma conversa breve, mas meu exílio voluntário se resume a uma janela indiscreta à fome.

Mas naquela manhã foi diferente. Quando acordei ele já estava ali, no viaduto, olhar fixo para a minha janela. Fechei a cortina, nem rezei como de costume. Abri lentamente e ele continuava à minha espera. Sem saber o que fazer, acenei como quem não quer acenar. Ele sorriu debochado, tirou o paletó, a camisa, abriu o zíper, abaixou a calça, não tinha mais nada por baixo. Então ele começou um movimento do corpo franzino para frente e para trás, parecia se masturbar enquanto me olhava, lá de longe. Depois levantou os braços, apontou para o sovaco peludo e colocou a língua para fora, serpenteando de um lado para outro. Virou de costas e apressou o ritmo.

As pessoas nos carros olhavam para ele e procuravam o destinatário daquela exibição safada. Eu não conseguia desviar os olhos, o calor subiu ao rosto. Parecia que todas as janelas do meu prédio e dos outros ao lado se abriram para me encarar com censura. Logo eu, a vizinha calada e solitária.

Fechei a janela, corri para o quarto, me enfiei debaixo das cobertas e apaguei, exausta. Perdi a hora, acordei atrasada para o trabalho e espiei de esguelha pela janela. Ele não estava mais ali.

E, depois disso, em todas as outras manhãs ele não apareceu mais. E olha que eu fico com os braços veiados de tanto esperar. Em vão.

Voar é com os pássaros

Maria nasceu para voar. Desde pequena sabia que era diferente das outras meninas. Olhava para o céu e o movimento das nuvens era o suficiente para alimentar suas horas. Enquanto crianças da sua idade brincavam de amarelinha, de queimada ou de esconde-esconde, ela brincava de solidão.

O tempo foi passando, a vontade não. Por que voar é só com os pássaros? Esse pensamento estava sempre presente. Por que só em sonhos conseguia voar das costuras do cotidiano e ter autonomia para revisitar lugares e tempos e construir espaços para pousar com mais leveza nas suas incertezas e dores?

Não se identificava com os desejos comuns dos jovens da sua idade. No início até a chamavam para passeios ou festas, mas os convites foram rareando. Não gostava de gente, essa era a verdade. A faculdade de Psicologia foi um escape para entender as próprias angústias, em vão. Queria operar instrumentos para orientar os passos e atravessar nuvens e neblinas à procura de luz no inconsciente perturbado.

Bem que tentou desviar a rota de objetos não identificados que podiam fazê-la sofrer, mas os pés fincados na terra impediam que ultrapassasse barreiras para alcançar o lugar onde a alma pede calma. Paralisada, sonhava em seguir sem rumo ao sul, leste ou oeste ao sabor do vento, alargando os horizontes. Mas era difícil para quem não nasceu alado.

Olhou a pilha de livros à sua frente e sentiu o peso dos saberes inúteis que não modificaram sua existência. Entrou no banheiro, abriu a água fria, levantou os braços e sentiu com prazer o líquido escorrendo. Ensaboando o corpo sentiu dois montinhos nas costas, logo abaixo dos ombros. Eles não estavam ali antes, tinha certeza. Tentou olhar no espelho, mas não alcançava a visão da nesga que incomodava.

Dormiu de olhos abertos com o ventre para cima e o peso para esmagar as saliências. Acordou dolorida com duas pontas ferindo suas costas. Levantou assustada vasculhando as costas descobertas. Estranhas inquietações bailavam na mente sufocada. Pegou um casaco grosso do armário, inconveniente para o verão, mas era preciso esconder. O atrito com o pano pesado continuou.

Chegou no dermatologista de confiança e envergonhada explicou o que estava incomodando. A mão vigorosa do médico deslizou pelas costas como se não tivesse nada em seu caminho. A voz calma só multiplicou a tensão:

— Não há nada, Maria. Talvez ainda apareça algum tipo de alergia, lesão, um herpes, não dá para dizer.

Saiu descompensada do consultório. Passou as mãos pelas costas até onde alcançava, e lá estavam as pontas, pareciam maiores agora. Ficou preocupada.

Subiu as escadas correndo, entrou em casa e se livrou de todas as roupas. Estava ali, nua, no espelho grande do quarto. Congelou com a imagem de duas pequenas asas ultrapassando os limites dos ombros.

Assustada, lembrou da profecia da avó, benzedeira conhecida na pequena cidade do interior, que disse um dia, quando ainda era muito pequena: "Essa menina vai dar trabalho, vão tentar cortas suas asas, em vão".

As asas cresciam eriçadas e Maria abriu as janelas para respirar. Exaurida, ainda tentou se desvencilhar do aparato indesejado, mas a trama transgressora de penas estava incrustrada em sua pele. A razão escapava aos poucos, o vento batia no rosto pálido e nos fragmentos da memória dilacerada pelo medo.

Abriu as asas e voou em busca de outras paragens, outras vidas fora do inquietante mistério que é viver sem chão.

Na rua, os bombeiros miravam o corpo caindo, sob os olhares de muitos curiosos, e tentavam imaginar o ponto exato sem retorno para colocar a rede em seu lugar. Segundos apenas. Maria acordou imobilizada em um quarto branco sem janelas, mãos e pernas amarradas à cama espartana. Sem céu e sem nuvens. Tudo o que ela queria era apenas voar.

Como um folhetim

Em cima da mesa, em uma ponta, um vaso com lírios brancos. Seus preferidos, lembravam um tempo de romantismo, pureza e inocência que ficou para trás. Desde que a cigana disse que a magia da flor deveria acompanhá-la para evitar o mau olhado e a inveja, ela nunca esqueceu deles ao lado, ainda mais em um momento como aquele.

Do outro lado da mesa, uma cesta forrada de cetim e cheia de bombons sonhos de valsa. Sorriu ao lembrar a cara dos homens com quem dormia por querer e não porque pagavam, quando dizia que trocava uma boa trepada por um sonho de valsa.

Estava bonita. O vestido longo cor de vinho modelava a silhueta que o tempo pouco mudara. Os cabelos brancos em um coque com alguns fios caindo displicentes na testa davam o ar jovial. Uma bengala indiana preta, com

VERDADES INVENTADAS 47

uma cobra na ponta – seu animal preferido – era o apoio para a velha senhora de 80 anos que sorria feliz.

Joias não faltavam na caixa de madrepérola recebida depois de um final de semana alucinante com um empresário da área de carvão. Dentro dela, um imenso anel de diamante com um cartão onde leu: *ainda há espaço para muito mais...* Aquele fora só o primeiro dos tantos presentes que viriam a encher a caixa.

Mas, na hora de escolher, o olhar foi para outra caixinha, uma mais discreta que ocupava o lugar de honra na penteadeira. Abriu com cuidado e tirou um anelzinho vagabundo. Experimentou o anel com a pedra falsa, como se fosse Audrey Hepburn na Tiffany. Maravilhada, viu que ainda servia, como naquele dia tão distante em que o tímido mecânico Beto o trouxe para ela. Os olhos molharam, mas afastou rápido a lembrança.

Agora estava ali, no meio de tantos livros, sua grande paixão. Desde pequena fugia do puteiro para buscar livros na biblioteca local. Dona Esperança separava os indicados para sua idade, e fingia não ver os outros que ela levava escondido. O bilheteiro do cinema também facilitava a entrada em troca de favores, quando ela não conseguia o dinheiro. Tanto fazia, sempre acabava dizendo sim...

— Pode sentar Dona Deolinda, seus leitores estão chegando.

A fala do editor interrompeu os devaneios. Quem e quantos seriam seus leitores? Ela, que sempre leu tanto...

Sentou orgulhosa na mesa em que já estavam vários exemplares do livro *Folhetim – nem puta nem santa*, título que ela mesma escolhera. Na capa, outra exigência: ela mesma aparecia com uma camisola que lembrava aquela que Elizabeth Taylor usou em *Gata em teto de zinco quente* para tentar seduzir Paul Newmann. Se era para chocar, queria tudo em grande estilo.

Treinou as mensagens dos autógrafos em casa e estava preparada. Só tremeu um pouco quando o primeiro da fila, um senhor magro com ar de cachorro batido, que lembrava muito o personagem de Florentino Ariza em seu livro predileto, *O amor nos tempos do cólera*, estendeu o livro e completou:

— Olá Dezinha, meu nome é Roberto Silva. Que bom te ver de novo...

Noites de terror

— A senhora quer alguma coisa?

A pergunta insistente se repetia desde a manhã. E não adiantava Vanessa responder que estava tudo bem. Estava no computador ou lendo e se assustava com a presença na porta, perguntar a mesma coisa.

— A senhora quer alguma coisa?

A cuidadora que ficava de segunda a quinta era bem mais tranquila, talvez calma até demais para atender aos chamados e para ajudar no banho, nas refeições, na troca de curativos, na movimentação sem jeito com o andador. Tudo era novidade para Vanessa, estava reaprendendo a caminhar, a pedir, a buscar humildade para aceitar a ajuda.

Mas essa cuidadora nova dos finais de semana era agitada, curiosa, prestativa demais. Vanessa percebeu também que volta e meia ela falava no celular. Mas o que irritava mesmo, além das perguntas e do celular, era que ela antecipava os horários das refeições, da arrumação da cama à noite, se metia a fazer tudo. Se deixasse, talvez até quisesse ler os livros ou manipular o computador a fim de prestar ajuda. O problema é que Vanessa estava sem autonomia, com gente estranha na casa, que antes era só sua. Falava várias vezes por dia com a irmã, que ficou perto nos primeiros dias da cirurgia, mas precisou voltar para cuidar do marido e do filho no interior.

— Vivian, não aguento mais. Quero voltar à minha vida, quero andar, quero encontrar pessoas, quero trabalhar.

— Paciência querida, é assim mesmo. Vai passar mais rápido do que você pensa.

Naquele sábado, Vanessa já acordou irritada. Mais um final de semana que ficava enjaulada entre as quatro paredes do quarto para evitar responder perguntas, ser gentil, conversar, assistir aos programas de TV que nunca lhe interessaram. Mas, na verdade, estava irritada com ela mesma. Estava se tornando até sovina, coisa que nunca foi.

Alguns amigos queridos vieram lhe visitar e trouxeram bolos, bombons, doces diversos, pães artesanais, frutas. E quando foi pedir alguma coisa à cuidadora, a resposta é que já tinha acabado.

A gota no copo d'água foi quando um amigo de tantos anos lhe trouxe uma caixa com camafeus, seu doce predileto. Amor e doçura, era tudo o que precisava. Comeu um camafeu com prazer que não sentia desde antes da cirurgia. No dia seguinte pediu outro de sobremesa. Mas na sexta-feira, quando pediu à cuidadora do fim de semana, ela disse que tinha acabado. Não era possível, vinham 10 na caixa, só havia comido dois, como assim? Reclamou com a irmã no telefone, mas a resposta foi a de sempre:

— Paciência, resiliência e flexibilidade, logo você volta a caminhar normalmente e aí vai poder fazer o que quiser, comer quantos camafeus quiser.

No final da tarde de sexta, outra amiga trouxe uma caixa de bombons deliciosos. Depois que a visita se foi, Vanessa voltou para o quarto trazendo a sacolinha equilibrada na mão que segurava o andador. Enquanto a cuidadora foi providenciar o jantar, escondeu dentro do armário. E se odiou por isso: que espécie de criatura egoísta se tornara?

Logo depois do jantar, Vanessa disse que estava com dor de cabeça, que queria ficar descansando sem ser incomodada. Mas o sossego não durou nem meia hora.

— A senhora quer alguma coisa?

À noite custou muito a passar, e ao amanhecer Vanessa se sentia cansada. E no primeiro horário do dia, quando ela, enfim, começava a pegar no sono, a cuidadora abre a porta do quarto. Vanessa se antecipou em tom áspero, quase gritando:

— Não quero nada, não preciso de nada, nada, nada de nada.

A cuidadora virou as costas e nem respondeu.

Na cama, Vanessa ouvia o barulho da TV ligada na sala, em alto volume. Sentiu que a cuidadora a olhara com raiva depois da resposta intempestiva. Tentou fechar os olhos e relaxar, colocou o aplicativo *Calm*, mas não conseguiu. Inspirou, expirou, imaginou praias e campos de trigo. Nada. Fez até massagem no pé saudável.

De repente, a cuidadora veio avisar que ia descer com o lixo, porque no domingo não era recolhido. Vanessa estranhou: que tanto lixo não poderia esperar até à noite, ou mesmo a manhã de segunda? E o pensamento veio acompanhado por um tremor. E se ela tivesse combinado com alguém de entrar no apartamento. Talvez tenha descido com o lixo para disfarçar e avisou ao porteiro que ia chegar seu filho e que ele poderia deixar entrar, sem nem avisar no interfone para não incomodar a Dona Vanessa... Se estivesse tramando algo para se vingar, para roubá-la...

Foi enlouquecendo com esses pensamentos. Até que resolveu ligar para a irmã, que não atendeu. Então mandou uma mensagem para Vivian, pedindo para que ligasse para a portaria e proibisse qualquer pessoa de subir até o apartamento. Mas a irmã não visualizou a mensagem. Foi ficando cada vez mais tensa. Aproximou o andador da sua cama, mas não era pesado o bastante para ser usado como uma arma, caso precisasse se defender. Foi suando frio, alerta ao som distante da TV na sala, e a qualquer barulho da porta se abrindo. Ficou imaginando a cena em que era golpeada com várias facadas, o sangue se espalhando no quarto, no lençol de linho branco. Até no andador alugado.

Pensou em se levantar e, com o andador, com cuidado, ir até a sala. Quem sabe a cuidadora desistisse dos planos, ao ver que ela ainda estava bem acordada. Ou se levantasse rapidamente e trancasse a porta do quarto, que pela necessidade estava sempre aberta. Sabia que não daria tempo, seus movimentos eram lentos demais, matutava sobre o que fazer, até que ouviu tosses, um acesso de tosse forte vindo da sala.

— Está tudo bem com você? Quer um xarope, tenho aí na cozinha.

Não veio resposta. Encolhida na cama, durante um bom tempo, com o celular já posicionado para o 103, Vanessa acabou pegando no sono.

Quando acordou, já era tarde. Ouviu a batida na porta e, com medo, mandou entrar. A cuidadora trazia a comida. Disse que ela havia dormido o dia inteiro. Ficou preocupada, mas não quis acordá-la. Disse também que vez ou outra abria a porta do quarto com cuidado, só para checar se estava tudo bem.

Comeu com desconfiança. Aos poucos, quem sabe a cuidadora não havia envenenado a comida para executar seu plano com calma, durante à noite, enquanto Vanessa estivesse dormindo. Depois de comprovar que nada mudava em sua consciência enquanto comia, terminou a refeição, tomou os remédios e pegou no sono novamente.

— Dormiu forte hein? Sempre acorda ao amanhecer. Berenice acabou de sair, deixou um abraço, disse que sexta-feira estará de volta. Boazinha ela, né? E a senhora, a dor melhorou? Vou providenciar o café da manhã.

Assim que a cuidadora da semana saiu do quarto, Vanessa ligou para Vivian.

Que dessa vez atendeu de pronto, e disse que antes de ligar para a portaria do prédio, como ela havia lhe pedido, ligou para a cuidadora, que disse que estava tudo bem, que não precisava se preocupar, que Vanessa dormia.

— Esquece isso. Por favor, providencia na agência outra cuidadora para o final de semana. Não quero mais essa Berenice aqui. E se perguntarem o motivo, diga apenas que eu gosto de variar, não quero prejudicar ninguém.

Assim que desligou, Vanessa mesmo interfonou para a portaria ordenando ao porteiro que não deixasse ninguém subir sem antes avisar pelo interfone.

A semana passou e ela insistindo com a irmã sobre a troca da cuidadora do final de semana. A irmã garantiu que já estava tudo certo.

Na sexta-feira, uma nova cuidadora, mais jovem, com carinha de feliz, foi apresentada. E assim que ficaram à sós, ela foi logo perguntando:

— A senhora precisa de alguma coisa?

— Preciso sim, que você não me faça mais essa pergunta. E não chegue perto do meu quarto sem ser chamada. Não fale comigo, não me pergunte nada, bata na porta quando quiser avisar que a comida está pronta ou qualquer outra coisa. Só entre se eu te chamar. Não preciso de nada, só de paz.

A jovem cuidadora durou pouco, só aquele fim de semana. Na segunda pela manhã já avisou para a agência que não queria mais trabalhar com dona Vanessa, que parecia estar sempre à beira de um ataque de nervos, de mau humor.

Aos fins de semana, a agência passou a revezar diferentes cuidadoras para dona Vanessa. Com nenhuma delas ela se deu muito bem. Mas o tempo passou e Vanessa voltou à vida normal, deixou o andador, conclui o tratamento com remédios, e esqueceu dos medos, das dores e da fase difícil.

Até o dia em que, ao abrir o armário, descobriu a caixa de bombons escondida. Estavam todos mofados.

O equilibrista do metrô

Lá estava ele, mais uma vez, desafiando a lógica e o equilíbrio. Em pé, olhos fechados, pernas ligeiramente afastadas. Um suave balanço de corpo acompanhando o ritmo do trem. Os pés em movimentos sutis ora pendem para um lado, ora para o outro.

Eu segurando com toda força a maldita alça e mesmo assim ainda levava uns trancos conforme a velocidade, ou durante as paradas bruscas em uma estação, ou no meio do túnel, para esperar o tem à frente. E ele ali, nada, como se estivesse na varanda de casa. Bem que muitos tentavam fazer igual a ele, mas acabavam desistindo.

Às vezes vagava um lugar e ele se abaixava como se estivesse em uma academia de ginástica, levantava os braços e descia o quadril sem pressa até se sentar. Todo mundo olhava, mas ele continuava indiferente. Na hora de descer, levantava desajeito os braços longos e ficava de pé, sem se segurar em nada. E pensa que se apoiava na coluna para descer do trem? Que nada, um pé na frente e outro atrás garantiam a harmonia para esperar sua vez. Parecia que concentrava o pensamento todo para não cair. E seguia firme pela estrada afora.

O horário era sempre o mesmo, 7 da manhã. Eu até torcia para pegar o mesmo vagão. Fui percebendo que não era só eu que acompanhava as peripécias do moço alto que mal parecia caber no próprio corpo. Era como se fosse de borracha, flexível, esquisito, mas elegante ao mesmo tempo.

Muitos olhares se voltavam para aquela exibição de autocontrole. E, assim como eu, invejavam, eu suponho. E espreitavam, torciam para que o trem andasse mais depressa ainda, qualquer coisa para ver se ele se esborrachava. Mas nada, ele continuava firme, rente que nem pão quente com autonomia de voo para todas as estações.

Estava sempre sozinho, camiseta, bermuda deixando entrever as pernas finas, mochila nas costas com a garrafinha de água aparecendo no bolsinho lateral.

Quando eu entrava no vagão e ele não estava, era um desapontamento só. Algumas vezes cheguei a mudar de vagão à procura dele. Outras eu via de longe seu andar inconfundível lá na frente, descia duas estações antes que a minha. Pensei até em descer junto um dia e segui-lo.

Mas, aos poucos o moço começou a incomodar algumas pessoas. Eu percebia que vinha um e esbarrava propositalmente para ver se ele perdia o prumo. Outro empurrava forte na hora da descida, mas ele conseguia fincar o pé com força e continuar ereto, sem qualquer auxílio. Teve até quem chegou a dar um empurrão mesmo, fingindo que foi sem querer.

Ele gostava de provocar, eu descobri. Ficava realizado quando percebia os olhares dos pobres mortais tentando se equilibrar como ele e desistindo depois. Mesmo de olhos fechados a expressão era de prazer por chamar a atenção com sua presença.

Um dia fixei meu olhar nos seus pés e fiquei impressionado com o tamanho do tênis. Talvez 45 ou mais. Por certo, aquela lancha ajudava a manter o autodomínio. Comecei a imaginar algum produto autocolante na sola. Incrível como a cabeça vai longe. E justamente para desvendar um personagem que parecia não notar a presença de ninguém.

O que poderia ser apenas um fato banal mexeu com o coletivo. Era como uma torcida de futebol vibrando para o adversário cair antes de chutar o pênalti. O homem era um desafio e tanto.

Então veio aquele dia. Quando eu percebi as pessoas foram se agrupando em torno dele, chegando cada vez mais perto, pressionando, incomodando, empurrando, juntando seus corpos suados para moldar a massa que foi envolvendo o homem. Ele abriu os olhos e bem que eu vi pavor. Tentou se desvencilhar. Pela primeira vez agarrou a alça mais próxima. Com força, muita força. As mãos escorregaram.

Eu também fazia a minha parte, é verdade, ajudando a espremer o homem elástico. Sua mochila foi atirada para o fundo do vagão. Ele continuou silencioso, mesmo quando foi levantado por braços ao som de gritos multiplicados de "cai, cai, cai, cai".

Vi a porta se abrir e o homem ser jogado com violência, com raiva, com a força e a inveja de quem se curva todos os dias e já se acostumou a perder o chão, e não admite o diferente.

Foi um voo solo, bonito. No meio da plataforma, o corpo estirado. Os pés enormes, com a meia cor de carne e sem os tênis. A cabeça de lado, as mãos crispadas. O trem continuou seu caminho.

No País das Maravilhas

A vida de Alice passou a se dar apenas pelo Facebook. De manhã até a hora de dormir, ficava curtindo, comentando, compartilhando, fazendo e cancelando amigos. Passava o dia buscando notícias sobre outras pessoas, famosos ou não, conhecidos e desconhecidos, não importava se fakes, invejava as viagens, as roupas e os sorrisos alheios postados. Mas apesar de vasculhar as redes sociais dos outros, ela mesma não postava nada, nunca. Não tinha o que postar. Vivia na frente do computador.

Cada vez mais foi se afastando da realidade para viver no espaço onde todos parecem felizes. Evita as indesejáveis notícias de mortes, pedidos de orações por parentes em agonia, pobreza, miséria, comunicados de velórios e missas, acha um absurdo essas intromissões de realidade perdidas num mundo feito só para brilhar. Quer imagens de festas, vestidos bonitos, danças. Quer música, brindes de vinhos e champanhes, viagens. De política passa longe, pouco se importa com o que cada um pensa nesse sentido e muito menos está interessada em questões coletivas da humanidade.

Levou um susto quando entrou sem querer no perfil de um jornalista que estava cobrindo uma grande tragédia no Caribe. Um vídeo mostrava um furacão reenergizado por ventos de corrente de jato que passava destruindo tudo pelo caminho. Casas voando, pessoas se agarrando no que encontravam pelo caminho, corpos boiando, um rastro de destruição. Foi aí que o mundo de Alice virou de cabeça para baixo. Como um redemoinho, ela foi caindo, caindo, caindo num buraco escuro. Quando abriu os olhos estava presa dentro do Facebook, num mundo de imagens e cores perdida sem saber para onde olhar, por onde seguir, até que um coelho com cara de curioso, segurando um relógio e olhando para ela pediu:

— Sorria! Faz X, cara de feliz!

— Onde estou?

— Está onde sempre quis. Venha, venha, venha. Vamos correr e percorrer os perfis que estão rolando por aqui. Não podemos perder tempo. Tempo é dinheiro.

Eis que um gato sorridente salta à frente.

— Quem é você?

— Minha querida Alice, sou o guia do face. Aqui todos são malucos, não é só você. Pode ficar tranquila. Aceita que dói menos.

Ela ia passando por imagens de iates, mansões, festas regadas a espumante e gente elegante. O coelho ia impulsionando a esmo: este sim; este não. Curte este... Este bloqueia... Neste comenta...

Ela estava começando a gostar da brincadeira, até a chegada da arrogante Lagarta Azul, que pergunta para Alice quem ela é. Percebe então que encolheu. Todos estão maiores. O que fazer sem o mouse na mão para se ampliar?

— Não sei mais quem sou. Acho que só quero sair daqui...

Alice pergunta como pode voltar para seu mundo. A lagarta desaparece e aparece novamente em segundos:

— Depois que se perder, nunca mais vai se encontrar.

Já se desesperando, Alice tenta correr e encontra o Chapeleiro Maluco que a convida para um chá, enquanto lhe diz coisas que ela não entende:

— Eles enxergam a loucura em seu sorriso, mas não enxergam a tristeza em seus olhos. Se eu tivesse um mundo só meu, tudo seria bobagem. Nada seria o que é, porque tudo seria o que não é. E, ao contrário, o que é, não seria. E o que não seria, seria. Entende? Você era muito mais. Você perdeu a sua muiteza.

VERDADES INVENTADAS 63

— Isso é a coisa mais maluca que já ouvi. Só quero sair daqui...

— Alice, Alice, que vida mais ridícula você tem. Ou você muda ou a Rainha de Copas vai cortar a sua cabeça.

E vem a Rainha de Copas, humilhando todos à sua volta.

— Ajoelhe-se, beije meus pés!

Alice indignou-se e a Rainha de Copas grita e chama seus guardas para prender Alice.

— Ela é terrorista, conspira contra o sistema, quer desestabilizar nosso mundo perfeito. Cancelem ela!

A visão de Alice começa a se apagar, até que surge do nada o coelho branco e a leva de volta para o lugar onde caiu.

Alice está de volta ao computador aberto no Face. Amigos continuam pipocando na tela, sorrindo, brindando, dançando e se divertindo.

Inspira, expira.

Dá um delete na rede social.

Hora do chá. É preciso desintoxicar.

Teresinha

Passou pela cadeira vazia e foi penteando o mar com seus sonhos. Imaginou-se correndo na praia e buscando alguém especial para ocupar aquele espaço solitário. Não que fizesse muita questão, mas todo mundo cobrava dela um namorado, um casamento, um lar, filhos. Ela mesma, não.

O primeiro foi um homem ensimesmado que lia, sem perceber a beleza do mar, da praia, do céu à sua volta. Como é possível tanta insensibilidade para a vida acontecendo ao seu lado? Ela passou bem rente, grudou o olhar para ver se ele correspondia. O moço não tirou os olhos do livro e deixou a vida passar. Não poderia se interessar por alguém que não tem a alma de flor, como ela, atenta aos ruídos, às cores, aos ventos e às marés. Não daria certo.

O segundo, um jovem simpático de riso e palavras soltas. Puxou conversa como quem não quer nada. Ele convidou para tomar uma caipirinha e escutar um pagode no quiosque. Ela que era mais chegada a um vinho e MPB ficou se imaginando sambando com ele no ritmo inviável dos desacertos e da cachaça barata. Não que fosse tão exigente. Mas amargar cheiro de fritura e bêbados em volta era pesadelo. E ainda por cima era curioso, perguntando sem parar o que fazia, onde morava, qual o trabalho. Não tinha respostas nem para ela, quanto mais para ele.

O terceiro surgiu do nada e, como na música do Chico Buarque, também nada perguntou. Foi andando do lado dela, rasurando seus passos, contando histórias de navios perdidos, marinheiros e viagens. Olhou o entardecer e fez um poema. Tirou o casaco e colocou sobre seus ombros para protegê-la do vento. Ela ficou desconcertada com tanta atenção. Gostou. Mas ficou assustada, preocupada por não saber nada sobre ele. Ainda assim, pensou que o desconhecido e inesperado fosse mesmo o melhor lugar para construir a liberdade. E quando ele estendeu a mão, encantada ela disse sim.

Constelação

Na sala à meia luz, Adalberto se viu no centro do grupo. Nem sabia o que estava fazendo ali ao lado daquela gente estranha. De repente uma das moças, justamente a que ele achou mais bonita quando chegou, se aproximou dele chorando e com raiva na voz. Começou a socá-lo e sacudi-lo desesperadamente enquanto perguntava:

— Pai, por que você me abandonou?

E ele ali, sem saber o que fazer, com vontade de sair correndo e voltar para a casa e esquecer tudo aquilo. Por que resolveu aceitar o convite da amiga maluca que vivia inventando programas furados? Era só mais um. Mas como foi mesmo que tudo isso começou?

— Constelação familiar, nunca ouviu falar?

Não, ele nunca tinha ouvido falar e nem se interessara. Sua pequena família já trazia tantos problemas que às vezes parecia mesmo uma constelação.

— Vamos, você não precisa fazer nada. Só ficar parado e assistir. — Nancy começou a falar, sem explicar de fato o que era a tal constelação familiar. — Não é terapia, não é psicanálise, não é psicologia.

— Então o que é? Perguntou ele já curioso.

— Constelação é constelação.

Só pela resposta, Adalberto deveria ter recusado com gentileza e marcado um almocinho comum qualquer dia. Mas ela insistiu tanto. E o pegou quando tocou no seu ponto fraco.

— Olha, você pode resolver conflitos familiares que estão atravessando gerações e podem atrapalhar inclusive as gerações futuras se não forem resolvidos.

— Tá bom, eu vou, mas não quero falar com ninguém.

— E nem precisa. Encontrei uma facilitadora que você vai adorar. Vamos só assistir e pronto.

E lá foi ele carregado pela amiga convincente. Aliás, amigos desde a adolescência, volta e meia ela aparecia do nada com um convite esquisito. Há uns dois anos foi com Nancy para um curso de dança de salão. Era o único homem da turma, um esforço supremo para sua timidez. Além das dificuldades para soltar o quadril no samba e acertar o passo no bolero, ainda teve que servir de par para uma mulher entusiasmada do grupo. Não voltou mais desde a segunda aula. Noutra noite, Nancy ligou dizendo que estava no carro parado bem na porta da sua casa com uma surpresa. Mesmo sem a menor vontade, se trocou rapidamente e quando abriu a porta, ela estava toda feliz com um cigarro de maconha para dividir com ele. "Deixa de ser chato, experimenta. Você é muito careta, vai passar a vida toda sem saber como é fumar um?" Fumou, contra a vontade, apenas para dispensar a amiga. Ficou mal, vomitou. No dia seguinte teve dores de cabeça. Acabou ligando para o filho para socorre-lo, contou ao filho o ocorrido, e ainda foi obrigado a conviver com o olhar de reprovação dele por dias. Pensando bem, nunca teve uma saída convencional com ela. E quando estava deprimida, era pior ainda. Chorava e chorava, reclamando da vida, da família, do namorado sumido. Adalberto, que nunca foi dado a palavras, não sabia o que dizer nessas horas, apenas oferecia o ombro amigo. Teve ainda a vez que ela rogou companhia para conseguir uma consulta de um grande médium em outra cidade próxima. Era vida ou morte, tinha certeza que estava muito mal. Saíram de Campinas às 4 da manhã para garantir um lugar na fila. Horas e horas depois, ele também teve direito a um passe com um homem vestido de branco que passou um mato esquisito em seu coração, além de recomendar banhos de sete ervas que ele preferiu ignorar. E agora estava ali, levando socos no peito e sacudidelas fortes. Nem conseguia prestar atenção nos outros personagens. Olhou desesperado para a amiga. Nancy, que abaixava a cabeça tentando esconder o riso e parecia se divertir. A facilitadora diz que ele deve pedir perdão para a filha. Ele balbuciou um desculpe sem graça, a filha o abraçou apertado. Chorou dizendo que o perdoava. Mais uma vez, ele pagando mico.

No final da sessão, a tal facilitadora revelou que ele estava ali representando o pai da moça brava, que saiu para comprar cigarros quando ela e os irmãos eram pequenos e nunca mais voltou. Teve vontade de dizer que não fumava, nunca fumou, mas achou melhor calar.

Na rua, Nancy começou a gargalhar feito louca, não parava mais. Adalberto, de braços cruzados, olhando para ela com cara de bobo, esperando que ela abrisse logo o carro para sumirem dali. E ainda teve que ouvir:

— Eu falei pra você que se não quisesse participar era só não levantar se a pessoa que ia ser constelada ficasse de pé à sua frente. Ela teria procurado outro.

Aí sim, teve vontade de esganar a amiga. Ela explicou justamente o contrário, e por isso ele se levantou rápido para deixar bem claro que queria ficar fora daquilo tudo. Era um otário assumido.

Nesse momento, a "filha" abandonada chegou no portão e chamou:

— Moço, muito obrigada por me ajudar a esquecer as mágoas que eu tinha guardado do meu pai. Eu acredito que não foi por acaso que nos encontramos aqui, que o senhor representou o meu pai, precisamos falar sobre isso, pode jantar comigo amanhã?

Tinha reparado na moça desde o início, e mesmo com os socos e empurrões pensou que o destino poderia estar nas estrelas, quem sabe? Já que foi até ali e passou por tudo aquilo, por que não? Aceitou o convite. Combinaram o encontro enquanto Nancy esperava segurando a porta do carro. E quando entraram, dessa vez nem ligou quando a amiga emburrada e enciumada comentou:

— Incesto!

A mulher do Orlando

Saiu do elevador no andar do centro cirúrgico como se fosse sábado. Lá estava ela com os olhos curiosos. Vestido cor de rosa, bengala na mão direita. Foi falando que era mulher do Orlando, que ele estava lá dentro sendo operado no ombro, que ela já tinha feito três cirurgias depois de um acidente, por isso ainda mancava, e sentia dor.

Tentou conversar um pouco e não se animou muito pelas respostas monossilábicas das duas mulheres tensas, que também aguardavam algum retorno de cirurgias que aconteciam simultaneamente. Decidiu que ia tomar um café.

Deu meia hora e voltou a mulher do Orlando. Recusou o convite para sentar, disse que estava bem em pé. Contou mais um pouco da vida, da cirurgia do Orlando e detalhes das dela, as três que já havia feito.

Quando um maqueiro saiu do centro cirúrgico levando um paciente para o quarto, pediu notícias do Orlando. Ele respondeu que Orlando ainda não tinha sido operado, estava esperando vagar uma sala. A mulher ficou nervosa, começou a falar mal do hospital, que era um absurdo, ele em jejum por tanto tempo, ninguém para dar notícias...

Impaciente, mesmo sem muita interlocução das duas mulheres sentadas e aflitas, voltou a falar que ainda tinha dores no quadril, que talvez tivesse que operar novamente. E perguntava muito sobre quem esperavam, que tipo de cirurgia...

Não aguentou muito tempo em pé, parada perto da janela. Resolveu tomar outro café. Depois de um tempo voltou, para saber se as duas mulheres tiveram alguma notícia dos pacientes que aguardavam. Quando a porta do centro cirúrgico se abriu, saíram um médico e seu jovem assistente. Ela reconheceu e cumprimentou o doutor, com muita intimidade.

— Sou a mulher do Orlando, o senhor me operou, operou o Orlando, como ele está? O senhor não lembra de mim?

O médico pede desculpas, disse que não a reconheceu por conta da máscara, e segue dizendo que o marido está bem, que deu tudo certo, que a cirurgia foi tranquila e dentro do esperado. Comenta que o jovem médico vai acompanhar o marido quando sair da sala de cirurgia e cuidar da alta. Ela ficou incomodada com a frieza do médico. Contrariada, depois que ele saiu reclamou da juventude do assistente.

— Não gosto de médicos jovens, fazem muita besteira, prefiro os mais velhos.

Ainda resmungou mais um pouco do hospital, da demora, e diz que vai tomar outro café. Alguns minutos depois, saiu a maca com um senhor lá de dentro do centro cirúrgico. Uma das mulheres pergunta curiosa: O senhor é o Orlando? Ainda meio sonado pela anestesia, ele confirma. O maqueiro pergunta pela parente.

— Foi tomar café na lanchonete, uma delas diz.

— É caminho para os leitos, vamos passar por lá e procurar a sua mulher para ela lhe ver, diz o maqueiro ao seu Orlando.

As mulheres se entreolham e, maliciosas comentam entre si que o marido parecia até feliz pela ausência...

Perseguição

Mais uma vez lá estava ela paralisada. Foi abrir o vidro da janela do quarto e não deu tempo para fechar. Uma lagartixa branca pulou rápido e entrou no armário. Bateu a porta do armário e começou a respirar para conter a ansiedade. O que fazer? Ela teria entrado na gaveta? Estava à espreita para pular assim que ela abrisse a porta? Mal conseguia se mover, quanto mais pensar. Tinha o trabalho todo para fazer com prazo de entrega e uma lagartixa dentro do armário.

Falou por mensagem com um amigo que mora próximo e a resposta inútil e esperada foi: "Pensa pelo lado bom, ela vai te livrar do mosquito da dengue".

Mandou mensagem para a amiga psicóloga distante. "Você está sozinha? Tem alguém para chamar? Tem um inseticida para ficar ao seu lado se ela sair do armário?"

Procurou o inseticida e colocou ao lado do computador. Olhos na tela e olhos no armário.

O pavor existe desde pequena, não sabia bem o porquê, mas desde que se entende por gente, as lagartixas se transformaram em inimigas mortais. E pior que sempre apareciam, do nada, nas mais diversas situações para ameaçá-la. A família e os amigos não entendiam. E ela se irritava com os comentários: "tão inteligente e com medo de um bichinho inofensivo desses" dizia o irmão. A filha era mais direta: "ridícula". As netas se divertiam e também tentavam explicar que a lagartixa era boazinha e comia os insetos, além do mais, morrem de medo de gente e quando nos veem, tudo que querem fazer é desaparecer em algum canto.

O tempo passava e o medo aumentava. Antes de viajar para qualquer lugar, a preocupação era se teriam lagartixas. Até ligava para os hotéis preocupada. Antes de dormir, vistoria total no quarto. Fechava todas as janelas da casa lá pelas 17 horas. Afinal, elas subiam paredes. E apareceram até em cima da pia da cozinha, no 13º andar. E ainda diziam que não era perseguição. Difícil acreditar.

Uma vez, quando deu por si que o problema estava ficando sério demais, resolveu procurar ajuda. Ligou para um psiquiatra e marcou hora. Você trata fobias? Perguntou. Ele quis saber que tipo de fobia e quando ela falou, já foi dizendo que não, que ela deveria procurar um profissional da Psicologia Cognitiva Comportamental. Esse nome todo para tirar o medo de lagartixa? O médico ainda tentou ajudar, dizendo que ela não era perseguida pelas lagartixas e sim que ela as perseguia, afinal, ficava pensando nelas o tempo todo e as atraía. Bonito, jogar a culpa na coitada. Já estava saindo quando ele complementou: "Olha, o que você pode fazer é comprar uma lagartixa de plástico e levar para casa. Vai deixando em lugares mais afastados e depois vai colocando mais próximo. Você sabe que ela é de brinquedo e não vai te fazer mal".

Achou a ideia absurda, mas acabou comprando uma lagartixa de borracha, horrorosa. A lagartixa falsa ficou guardada durante uma semana até tomar coragem e resolver fazer o jogo: um dia na lavanderia, outro na sala, outro na cozinha, outro no banheiro e finalmente no quarto. No início olhava o bicho com pavor, depois foi se acostumando com ele. Começou a conversar, contar piadas, ler poesia para ele, levou até escondido no bolso para tomar café na padaria. E percebeu que agora precisava mais ainda de ajuda.

Voltou ao psiquiatra com o bicho na bolsa. Foi contando o que estava acontecendo. Ralhou com o psiquiatra, que não sabia o que fazer. Primeiro achou que era brincadeira, depois viu que não.

— Pois é doutor, agora não vivo sem ela. O que tenho que fazer para conseguir uma separação sem dor, consensual?

Casamenteira

Euridice nasceu para se casar, ter filhos e cuidar da família. Desde pequena, enquanto as irmãs fugiam do serviço caseiro ela ficava ao lado da mãe ajudando a descascar as batatas, a picar a cebola, a varrer a casa e arrumar com capricho os vasos das flores.

Era a mais velha, também a mais prendada e preparada para ser do lar. Jovina e Taiane queriam estudar, fazer faculdade, morar longe da casa dos pais e da pequena cidade do interior.

Euridice também fez seus cursos; de bordados, corte e costura e culinária. Preparava bolos e biscoitos servidos às amigas da mãe no chá da tarde de quinta-feira. As senhoras elogiavam a moça e diziam que era a nora que todas gostariam de ter. Mas os pretendentes mesmo, estes não apareciam. Dona Lina, muito preocupada, não entendia como nenhum jovem da cidade aparecia para cortejar a filha. Seu sonho inicial era casar a filha com um médico, dentista ou engenheiro, mas com o tempo abriu mão desse capricho, só queria mesmo que surgisse alguém.

Jovina e Taiane na faculdade, começaram a namorar e em pouco tempo noivavam e já estavam de casamento marcado. Euridice não demonstrava inveja das irmãs, ao contrário, se esmerou em presenteá-las com panos de prato pintados com barra de crochê e toalhas desenhadas com ponto cruz para o enxoval. Uma beleza!

O casamento duplo mereceu uma festança. Euridice entrou de dama de honra, vestida de rosa e carregando flores. Linda! Bem que as irmãs tentaram jogar o buquê na sua direção, mas qual? Euridice nem se meteu entre as moças que disputavam os buquês.

Mas se na frente da família Euridice não mostrava qualquer ansiedade sobre o assunto, em seu quarto, todas as noites, se apegava ao Santo Antônio de madeira colocado de cabeça para baixo em uma caixa de papel crepom. Ela tinha fé em Santo Antônio. Muita fé. Volta e meia conferia para ver se a imagem continuava ali, de ponta cabeça.

Aos 30 anos ainda sentia muita esperança; aos 40 começou a perder. Não deixava de olhar o Santo, mas agora com desconfiança. Aos 45 não aguentou mais, foi lá e desvirou a imagem, não sem antes desdizer com veemência seus votos. Decidiu que não iria mais para a igreja.

Quando saia, desviava o caminho. Não passaria nem na frente da paróquia onde havia feito tantas promessas, novenas, trezenas, e nada de um pretendente.

Dez dias longe de Santo Antônio e dos afazeres da igreja, num momento de distração, se viu na praça, em frente à paróquia, de onde saiu alguém que ela nunca havia visto por ali, e lhe ofereceu um sorriso, e logo em seguida pediu uma informação, dizendo que acabara de chegar na cidade. Ficaram por ali, conversando. Veio o convite para um soverte e um novo encontro no dia seguinte.

Por garantia, foi correndo para casa e fez as pazes com o Santo.

Voltar ao pó

Feliciano leu a notícia sobre empresas que fazem o serviço de envio das cinzas para a Lua e cobram, em média, R$ 60 mil. Ficou pensando o que leva alguém a querer suas cinzas na lua, e como essa questão pode ser bem complicada. Imaginou as viagens que faria com essa grana, principalmente o sonhado cruzeiro para o Caribe ou quem sabe, enfim, conhecer Portugal, terra do pai, tomar muito vinho e comer bacalhau até se fartar.

Sobre as próprias cinzas, já avisou para a filha que as suas, vão para o mar azul de Salvador, e está ótimo. Melhor se espalhar em Salvador do que na Lua. Salvador é aonde passou os melhores anos de sua vida. Para Lua nunca foi e nem tinha intenção, nem depois de morto.

Agora, que já passa dos 80, parece que o assunto está na boca do povo. Um amigo ficou viúvo e contou, aos prantos, que a urna com as cinzas da falecida está em cima do fogão, que era seu canto preferido na casa. Cozinha olhando para a urna e diz que até sente o cheiro dos doces maravilhosos que a mulher preparava.

Outra boa história veio do Carlinhos, o melhor jogador de xadrez da turma, mas como ele conta muita mentira, pode ter sido lorota das boas. O local onde o corpo do pai e da mãe dele jaziam, estava cobrando uma nota para fazer a cremação. Então, Carlinhos foi lá com um carro emprestado, pagou a taxa exorbitante de R$ 600 para retirar os ossos e colocou no porta-malas do carro, ele mesmo. Só que na viagem para o crematório de uma cidade do interior que cobrava um preço justo, foi atingido por outro veículo bem na parte traseira. Resultado: o porta-malas abriu e os ossos se espalharam pela estrada. Difícil foi explicar para a Polícia Rodoviária, mesmo com o recibo do memorial onde fez a retirada. Foi recolhendo e colocando um a um os ossos no banco traseiro, sobre o olhar intimidador do policial que ainda aplicou uma multa. Ficou tão bravo que deixou as ossadas para cremação, mas nunca mais voltou para pegar as cinzas.

Lembrou de um outro caso, este ocorrido nos Estados Unidos, quando um incêndio destruiu o telhado de um crematório na Virginia, durante a cremação de um corpo de mais de 220 quilos. Os bombeiros relataram que o incêndio começou porque o forno usado para cremar o corpo ficou muito quente. Esse não seria seu problema, com os 70 quilos que mantém desde os 40 anos. Para ele, o principal era saber se as cinzas tinham realmente boa procedência. Quem garante que são mesmo as do defunto? No fundo achava que misturam tudo e dividem para entregar aos entes queridos o quanto querem de cada um, quem sabe colocando mais cinzas para quem era maior ou mais pesado, ou ainda pior, quem sabe colocando mais cinzas para quem pode pagar mais. Afinal, a cerimônia é de mentirinha e só depois de uns dias é que as cinzas vão para a família.

Desconfiado, Feliciano começou a frequentar crematórios, conversava com os funcionários tentando descobrir a verdade, pressionava as famílias com suas dúvidas e queria porque queria acompanhar todos os passos de uma cremação. Logo seus passos eram acompanhados por funcionários da segurança e volta e meia era retirado gentilmente do local.

Bem que a filha e amigos tentaram afastá-lo dessa obsessão, mas era difícil. Um dia, quando escutou um filho fazer uma lista das músicas que o pai gostava para serem tocadas na cremação, teve um chilique:

— Músicas? Você está preocupado com músicas? Acha mesmo que o seu pai sendo queimado naquela fogueirinha de brinquedo que eles montam para enganar os trouxas estará preocupado com música? Seria mais prudente você se preocupar em acompanhar este processo todo da minha cremação.

Feliciano subiu para o seu quarto tão indignado e bravo que ao final da escada, nem teve tempo de pedir ajuda. Sentiu a pontada forte e traiçoeira no coração e apagou. Para sempre.

A filha chorosa, com a ajuda do marido providenciou a cremação, mas quando estava separando o terno azul--marinho que ele gostava, e com o qual pediu para ser vestido quando morresse, encontrou um bilhete no bolso:

Não quero ser cremado. Muito menos quero que levem minhas cinzas para Salvador, como havia dito antes. Não quero correr o risco de me misturarem com outras pessoas para aproveitarem Salvador às minhas custas. Já providenciei um espaço no jazigo perpétuo da tia Mocinha, e é para lá que eu quero ir. Espero de meus filhos, apenas que cumpram este meu último desejo.

O batom da mãe

A mãe gostava muito de batom. Saiu a ela, que detestava maquiagem e não era vaidosa, mas não dispensava o batom. Vermelho, sempre. Desde adolescente ela ouvia da mãe que mulher não pode sair sem batom, mas também não precisa dessa máscara de pintura na cara.

Cresceu vendo a mãe de batom. Tinha boas lembranças de quando a mãe a deixava, pequena ainda, na casa da avó, enquanto dava aula no primário de uma escola municipal. A mãe foi muito presente, sempre, até demais. Ela era a grande preocupação. Com os outros três filhos, homens, não tinha isso. A mãe acompanhou os namoros, os bailes de carnaval, a alegria do vestibular, sempre de batom, vermelho.

Difícil foi a mãe concordar em fazer maquiagem no dia do casamento da filha. Só queria o batom, vermelho, como sempre, mas por amor à filha lá foi ela maquiada para o altar, afinal o sonho era ver a filha casada e amparada.

Com o tempo, a mãe foi envelhecendo, esquecendo fatos e passagens, mas sem deixar de lado o batom. Deixou também a paciência, e passava o batom de qualquer jeito. A filha tentava mostrar que estava fora do lábio, até deu de presente um lápis para contornar. Qual!? Ela se olhava no espelho, fazia um bico e passava o batom sem capricho.

Mesmo no hospital, depois das cirurgias que fez no final da vida — e foram várias — a mãe assim que melhorava pedia o batom.

Ela se foi com 84 anos, depois de alguns dias em coma. A filha ia diariamente no horário das visitas, conversava com ela e até tentou passar o batom, como ela pedia, mas não deixaram.

Quando morreu, ela e os irmãos esperavam a preparação do corpo no necrotério. Com o olhar embaçado pelas lágrimas, notou que a mãe estava muito pálida, branca. Ali mesmo, antes do velório, abriu a bolsa e passou o batom vermelho que ela gostava. Não deu para caprichar, a rigidez atrapalhou. Os irmãos brigaram com ela: "Você deixou a mãe com cara de palhaça".

A filha não ligou, sentiu a mãe bem feliz. Os irmãos não entendiam de batom.

Branca, gelada e odiosa ou Perseguição II

Não gosto de fazer plantões noturnos na redação. Não é a localização central da sucursal que me assusta, nem a mesmice de ligar para as delegacias, hospitais, IML e bombeiros para buscar tragédias ou acontecimentos estapafúrdios que podem garantir espaços no dia seguinte.

Quando o último jornalista da equipe sai, meu coração descompassa. Tento me concentrar no texto, no telefone, nas notícias do jornal não lidas por falta de tempo durante o dia. Meus olhos se movem por todos os cantos daquele espaço imenso cercado por máquinas de escrever, papéis, livros, jornais velhos, cadeiras desconfortáveis e a porta que baixa como uma persiana sem prumo.

Deixo tudo pertinho. O telefone, as chaves da porta e do carro e olho o relógio a cada instante rezando para chegar logo às 22 horas, o término do plantão. Nem passa pela cabeça um possível assalto ao sair sozinha no meio da noite ao fechar com dificuldade a porta. Muito menos ser seguida até o carro, embora estou sempre atenta ao movimento.

O que me preocupa mesmo é um ser pequeno, pegajoso, rastejante e gelado que vaga pelo salão em dias de medo. Não sei de onde veio o pavor, mas se instalou quando ainda menina e morava em uma casa grande. Eram muitas as lagartixas pelos terraços, mas foi no dia que uma delas invadiu o quarto azul que tudo começou. Aquele espaço era meu, só meu, e foi profanado por esse ser que sobe, desce e espreita ... espreita...

Tentei trabalhar esse medo em terapia, voltei a vidas passadas, comprei livros sobre o pequeno lagarto que se agigantava nos sonhos. E detestava quando eu virava piada de amigos ou familiares: "Por que tanta bobagem por conta de um bichinho tão pequeno e inofensivo? Ele mata os insetos, traças, como aranhas e moscas".

Pouco importavam os insetos. Não suportava nem olhar para uma lagartixa nojenta com as patas grudadas no teto e o olhar ameaçador em minha direção. Eu paralisava. Não conseguia espantar, matar muito menos. Na verdade, eu não conseguia nem tocar a vida. Ficava paralisada mesmo.

Foram muitos os escândalos. Certa vez, uma noite de sábado em um restaurante lotado, quando a comida

chegou eu olhei para o teto. Dei um grito e saí correndo derrubando cadeiras, garçons e o que encontrei pela
frente. Parei na rua ofegante e nunca mais passei perto
daquele lugar. O namorado da época sumiu para nunca
mais. Não entendeu nada.

Fui construindo teorias, lia tudo sobre elas. Em um
dos estudos, aprendi que as lagartixas têm hábitos noturnos e aparecem com frequência nas proximidades de
fontes luminosas. Informação inútil, mas resolvi guardar,
nunca se sabe os caminhos. Indignada descobri que elas
apareceram no Brasil por volta do século XVIII, a bordo
dos navios negreiros. Pior que uma lagartixa é uma lagartixa com passado histórico.

Cancelei uma viagem ao México, no casamento da filha de uma amiga querida, assim que soube que por lá as
lagartixas eram cantantes. Era só o que me faltava. Claro
que fui pesquisar e o biólogo Igor Kaefer explicou o barulho causado por uma espécie nova: Lepidodactylus lugu-
bris é a responsável pelo barulhinho diferente. Já está no
Brasil e se alimenta também de açúcar. A partir daquele
dia virei diabética.

Enquanto o pensamento voava, os olhos continuam
pregados naquele ser que caminhava sem pressa na parede em frente. Olho o relógio a cada segundo e ainda falta
muito para terminar a agonia.

Ligo para os números habituais torcendo para ter algum acontecimento que justifique a saída rápida. Qual! O mundo parece ter a mesma calma do bicho.

De repente, não vejo mais o jacarezinho na parede. Examino com cuidado todos os espaços da redação. Para cima, para baixo, gavetas, embaixo das mesas, várias vezes, para me certificar de que ela não está lá. Só mesmo algumas penas de pavão para afastar os pequenos répteis, como fora recomendado por uma especialista do Google.

Em casa, eu guardo um arsenal completo para afastá-las: naftalina, mistura de café e tabaco, dentes de alho, cebolas e até um spray de pimenta caseiro para me defender dos ataques. Do lado de fora, cascas de ovo protegem as entradas. Mas aqui, nesta noite, sem as ferramentas de proteção, a incerteza é pior do que a realidade.

Deu meu horário. Saio sem respirar olhando para todos os lados em desespero. O instinto diz que ela está sempre por perto. Fecho a porta e apresso o passo na rua deserta. Tudo o que quero é me afastar desse bicho, e já cogito até um possível pedido de demissão se ninguém fizer alguma coisa.

Entro no carro, travo a porta e suspiro aliviada.

Na porta do meu prédio, aciono o controle. Em poucos segundos tudo terminará bem por mais um dia.

Abro a porta e perco as forças, as pernas cambalearam, o grito fica parado no ar. A lagartixa, a do escritório, com certeza, está no capô olhando fixamente para mim. E com ironia. Só então me lembro de um pequeno detalhe esquecido das pesquisas: lagartixa tem memória. E essa, além de tudo, é vingativa, branca, gelada, odiosa.

Visita

Estava bem tranquila tomando um uísque com pedras de gelo preparadas com água de coco. Ouvi passos gigantes na escada. Tranquei a porta e colei o ouvido tentando adivinhar quem poderia estar ali, àquela hora. Quando olhei pelo buraco da fechadura, vi o dinossauro com cara de poucos amigos. Sabia que não tinha uísque suficiente para nós dois, e por isso resolvi não abrir. Coloquei mais gelo no meu copo. Ele raspava a porta e o barulho ia crescendo. Mais gelo. Por que diachos ele estava ali, na minha porta? Nem de dinossauros eu gosto. Que tipo de diálogo poderíamos ter? Mais uísque e mais gelo. Resolvi que não ia abrir mesmo. Mas, cedo ou tarde ele entraria. A porta não era tão segura assim. De repente, um tranco forte e ele estava na sala. Tentei disfarçar e escondi o copo. Ele viu, pegou o uísque e levou para o terraço. Deitou na rede, espichou o corpo verde e escamoso.

Eu fui me afastando devagarinho, entrei no quarto e me escondi. Quando a noite chegou, voltei à sala. Ele ainda continuava ali. O uísque já havia acabado, e ele agora estava no gim-tônica, o único movimento era do levantar o copo até a boca. Vez ou outra, completar com mais gim, tônica só na primeira dose. Não é nada fácil conviver com um alcoólatra.

Videntes

Adorava videntes. Qualquer indicação lá ia Ela buscar respostas para seu descompasso. Búzios, cartas, tarô, leitura na borra do café, números... O mapa astral anual também fazia parte de seus estudos para indizíveis expectativas de ser mais feliz. Anotava tudo e se entusiasmava com as leituras, principalmente quando afinadas com seus sonhos. Gostou muito quando em um desses encontros, a cartomante morena de olhos profundos disse que ela tinha sido uma cigana em outra encarnação. Estava, enfim, explicada sua busca insana para descartar realidades indesejadas. E quando a mesma mulher sugeriu que fizesse a bebida mágica para encontrar o grande amor, não hesitou. Comprou um vinho branco de qualidade, deixou a garrafa embrulhada por duas luas cheias em tecido vermelho, depois misturou com sumo de pêssegos em calda coados, canela e um morango. O oráculo nunca se concretizou, mas Ela continua dançando ao redor de uma fogueira ao som de violinos, burilando as agruras.

Água corrente

Nas contas coloridas de suas histórias aquela lembrança é a mais reluzente. A solidão do hoje nem sempre foi a escolhida. Em outros tempos, Ela foi muito feliz. Conseguia enxergar beleza em tudo. Foi assim com a água escorrendo da cachoeira pelo corpo quente, depois de uma parada acidental para um descanso na viagem. Ali, naquele momento, inspirou liberdade. Com ele conseguia ser assim, ela mesma, sem eira nem beira. Abraçava as aventuras propostas com a mesma vontade que o abraçava. Mergulhava naquele relacionamento de cabeça, com a mesma intensidade que mergulhava na incerteza. Agora, com o final do amor, Ela afunda, afoga. Mas, afinal, Ela não é uma espécie em extinção?

Feliz natal

Embalou o último presente. As caixas coloridas na árvore borbulhavam esperanças. Quem sabe ele voltaria? O pisca-pisca das lâmpadas lembravam vagalumes, e Ela pensou que gostaria tanto de também ter luz própria... Talvez, se fosse assim, ele ainda estivesse ao seu lado agora. A guirlanda imaginária de espinhos cravava a dor da separação. Sentia-se como um boneco de neve, gelado e sozinho. Entrou no banho para lavar a alma e o corpo. Era hora de deixar escorrer a eternidade. Felicidade é um brinquedo que não tem, dizia a música antiga. Mas como sempre gostou de finais felizes, resolveu acreditar em Papai Noel. Sorriu para o espelho, desejou um Feliz Natal.

Ano Novo

Sempre gostou de caminhar na praia ao entardecer. As ideias fluíam melhor, conseguia surfar em seu mar de inquietações e chegar à margem com mais segurança. Só de olhar as ondas e a nesga de sol no horizonte, encontrava o rumo perdido. Não hoje. Como navegar sem mastro e sem vento quando o coração adernado não encontra a proa? Nas idas e vindas do amor, o oceano era seguro, mas agora não. Encalhou exaurida em lágrimas. Guinou os pensamentos e percebeu que a bússola apontava para a hora da maré. Retomou o leme e fundeou a âncora no cais de um outro tempo. Era noite, pulou sete ondas e zarpou pela escotilha do Ano Novo.

Dia das Mães

Não gostava do Dia das Mães. A data mexia muito com Ela. Os corações, mensagens e flores por todos os cantos fervilhavam em pensamentos sombrios e desencontrados. O desejo de ser mãe sempre foi forte, mas os sonhos foram levados pelos caminhos da vida. Sua narrativa foi mudando com o tempo e procurou preencher o vazio com outros cantos de afetos. Mas no Dia das Mães parecia que todos os enredos faziam questão de cutucar a ferida. O desassossego com os altos e baixos de sua mente intranquila. Abriu a porta pintada de arco-íris e entrou na espiral do insano quarto onde bonecas, carrinhos, berço intocado, quadros e móbiles pendurados no teto apontavam o ensimesmado mundo de fantasia.

Aplausos

Uma afinadora de emoções. Era assim que se sentia. Tentava tocar a vida com outras sinfonias para descartar melodias que teimavam em querer mudar o timbre dissonante do dia a dia. As pautas de partituras do passado ressoavam nos sonhos interrompidos, alertando que o tempo de maturação para novas composições estava acabando. Será que estava mesmo preparada para a última audição? Imaginou harmonia na sintonia fina de seus movimentos e criou uma valsa. Um passo, um deslizamento, e saiu girando ao encontro da esperança mapeada em notas que espantavam a plateia para bem longe.

Lugar vazio

Era uma sala enorme. Estava lotada. As cadeiras todas ocupadas. Mas havia um lugar, um único lugar. Ela foi até lá, sentou-se e, quando olhou para o lado, reconheceu o ocupante da direita. Coisa do destino eles se reencontrarem. Foi a percepção de que aquele lugar estava à sua espera há muito tempo. A vida seguiu em frente, e os dois se separaram, mas os seus lugares nunca mais foram ocupados.

Neblina

Desde menina, Ela sempre gostou da neblina. Morava na praia e se encantava com a imagem desfocada do céu e do mar. Dia de neblina era dia de se engalanar para o nada. Saía correndo pela areia, de repente parava e posicionava as mãos perto da sobrancelha tentando enxergar além da paisagem limitada. E conseguia ver mundos que em dias bonitos se escondiam. Os anos passaram, a magia não. Procurava nas brumas do tempo e da alma caminhos para se encontrar. Naquela manhã, Ela abriu a janela e sorriu para a paisagem densa. Era preciso aproveitar antes que o sol usurpasse o lugar da névoa. Escolheu cuidadosamente o conjunto branco, sapatos e chapéu da mesma cor. Colocou na bolsa apenas o necessário. Reduziu a velocidade do corpo, desligou a ventilação interna e resolveu seguir viagem. Sem visibilidade, sentiu que era a hora certa de viajar e se perder de vez.

Praia

A mente borbulhava em cinza para afastar o tédio. O coração ia desmoronando com sentimentos nublados, enquanto o coração borbulhava ao ritmo das ondas quebrando. Ela se equilibrava entre as nuvens passageiras, se esquivando do retrato em branco e preto emoldurando um passado recente. Desde sempre sabia que na hora da escolha seria mesmo a outra. Não imaginava que podia doer tanto insistir em camuflar o que não tem remédio. Foi flanando nas lembranças e resolveu hibernar do amor. O guarda-sol colorido voou bem perto e Ela, com maestria, segurou firme. Encantada com as nuances do azul, verde e vermelho pensou que não era justo ser tacanha com o fio da sua história em construção. Acordou em tempo para escolher o tom e pintar sua vida.

De volta

"Eu tô voltando"! Veio a música da Simone em seu pensamento. Sorriu, depois de tanta secura nos lábios. Destravou a alma dolorida e abriu todas as janelas. Trocou a roupa de cama, caprichou no cheirinho de lavanda nos lençóis impecáveis. Escolheu o vinho que estava guardado para uma ocasião especial que nunca chegava. Procurou no armário a saia longa que foi presente dele. Rasurou com vontade o diário desses tempos de solidão. E, quando ele bateu na porta, e ela abriu, a primeira coisa que ele disse congelou seus sonhos: "por que passou perfume? Sabe que eu não posso chegar em casa com outros cheiros." Bateu a porta na cara dele. Inspirou o aroma com prazer, rasgou a saia em pedaços, abriu o vinho e resolveu que o próximo destino seria Paris.

Meia-noite

Mais uma vez ele não veio. Mais um sábado solitário com a mesa posta e a alma lavada de melancolia. A salada caprichada e intocada. A garrafa de vinho quase vazia. O pão assado com amor, agora amassado entre lágrimas. Ao longo do dia ainda teve plantão, teve emergência e teve a correria para chegar em casa logo e preparar tudo. Agora, meia-noite, teve a falta de delicadeza dele para ligar e se desculpar. Queria ser uma princesa, ter uma fada madrinha que transformasse o certo ou o errado a seu favor. Mas não tinha. Também não queria mais o príncipe. Calçou o sapatinho de cristal e seguiu pelas escadas da vida à procura de um sapo que a fizesse feliz.

Fotografia

O olhar demorou-se na paisagem apertada da janela. Era a imagem do mais puro silêncio numa cidade qualquer do interior. O mesmo silêncio que há muito acompanhava seus dias e noites, distante de outros tempos em que as vozes bailavam no ar. Parecia tudo tão longe quanto as nuvens. Cansou de falar e pensar sozinha. Cansou de esperar respostas. Cansou de espantar a vontade de sair pela porta e esquecer tudo, dessa vez, saiu. Sem mala, sem lenço, só o documento para lembrar que ainda era possível recomeçar. Olhou a fotografia na carteira de identidade, em que sorria feliz para vida. Fechou lentamente os olhos e se perdeu na paisagem azul. Ainda era Ela mesma.

Ouvidos moucos

Um final de semana para discutir a relação. Só os dois, para discutir a relação. Depois de tantos meses separados, a ideia lhe pareceu tão absurda que Ela não conseguiu entender como aceitou. No pequeno quarto da pousada, eram dois estranhos compartilhando o silêncio pesado e a falta de intimidade. A cama fria, a televisão ligada num programa morno. A presença distante e a desconversa infinita só aumentavam a vontade de chorar e de sumir dali. E a conversa não vinha. Quando ele, enfim, resolveu falar, ela decidiu calar-se. Qual seria, afinal, o som do amor? Até que ouviu, ao fundo, bem distante, o surdo, o repique, a caixa e o timbal. Não teve dúvidas, mudou de tom...

Perdão

Ela sabia que voltar ao passado não seria fácil. Depois de tantos anos afastada daquele pequeno canto do mundo, onde foi feliz em outros tempos, retornar era sinal de fé. Quando partiu, deixou para trás um tempo de delicadeza. Tudo estava quase igual à paisagem emoldurada de suas recordações. Encontrou fácil o caminho tantas vezes percorrido, e dessa vez pareceu mais simples e rápido subir a montanha e chegar até o banco de pedra, ou um arremedo do que foi um dia, quase destroços, pela ação do tempo. Pensou que os acertos também são feitos de falhas, e resolveu que bem ali, no mesmo lugar, era hora de se perdoar. Desarmou os alicerces da alma e esperou. E quando ele chegou, apenas ofereceu a outra face.

Ponto final

O portão aberto era um convite. Quantas vezes ela passou por este portão em gestos silentes e coração barulhento? Perdeu a conta. Pensou nas conversas truncadas e no desfecho banal, como se fosse ordinário tudo o que viveram. Agora um chamado maior pesou nos ombros e chacoalhou as lembranças. Entrou como se quisesse sair. Abriu e fechou portas e armários, arrumou caixas e desarrumou gavetas. Olhou pela última vez para a casa e pensou que dali não queria levar nada, ou quase nada. Escondida na bolsa, a caderneta de anotações que foi dele um dia. Apenas algumas anotações inacabadas, algumas contas, números de telefones, boa parte sem nomes. A maioria das páginas intocadas por uma brancura que iluminou a alma enlutada. O ponto final, agora seria só dela.

Querências

Ela sempre se encantou com o pôr do sol. A idade soma sabedoria e um certo refinamento para aromas, olhares e sabores. O resto é subtração. Desde pequena gostava de pensar na sua finitude como um grande acontecimento. Era repreendida pelos pais, que não entendiam sua fixação. Passaram-se os anos, mas a fascinação pela transitoriedade da vida, não. Por isso, pensou que se algum dia a memória falhasse e as lembranças escapassem, queria garantir suas querências. Claro que ninguém sabe como será o amanhã, mas se pudesse escolher, queria os pequenos prazeres: uma taça de vinho, um dos seus filmes significativos, um poema lido em voz alta, um samba bem executado. O testamento de emoções está pronto, só falta mesmo legalizar a espera.

Recontar

Imagens desbotadas do passado invadem os porta-retratos do presente, e Ela se pergunta, sem desconsolo, se poderia ter adicionado outros personagens à sua história. Navegar nas lembranças é tarefa para os fortes. A perícia afiada para cavoucar o passado é herança da mãe. O empurrar as agruras para depois veio cravado nas raízes do pai. Ela mesma não tem legados nem linhagem para deixar. A vida espartana de sentimentos bloqueou as sementes e embotou os sonhos. Mas ainda tem o controle remoto para mudar de canal.

Repouso

Não gostava de arrumar gavetas e armários. Preferia fechar os olhos para a desordem e tentar organizar a vida, até encarar uma pergunta: se morresse, o que ia acontecer com tudo? Quem gostaria que mexesse nas suas coisas? Ou quem não gostaria que passasse nem perto? Ela sorriu divertida com o pensamento. Não que tivesse algo a esconder, nada além de livros, muitos livros, papéis amarelados pelo tempo, bilhetes, credenciais de trabalho, fotos e pequenas lembranças desconexas sem sentido. Certamente uma boa parte das coisas seria doada, outras tantas, talvez a maioria, teriam o lixo como destino certo. E como incerto é o destino, resolveu facilitar o trabalho do próximo. Passou o fim de semana separando coisas. Cansada, Ela olhou para uma fila interminável de sacos plásticos, e finalmente descansou no domingo cinzento. Tarefa ingrata sepultar o passado.

Jogo das cadeiras

Quando pequena, tinha pavor do jogo das cadeiras. Era um suplício participar, Ela sempre sobrava no final. O tempo foi passando e a brincadeira se repetia ao longo da vida. Na escola, na faculdade, com os namorados, no trabalho, na vida, enfim. Foi se contentando com as sobras, com a falta, catando espaços mal resolvidos e posturas não assumidas. Um dia resolveu dar um basta. Alinhou todas as cadeiras da sala e deitou, se esparramou. Ficou ali durante horas. O olhar parado nos sentimentos vazados pelo comportamento adestrado. Então levantou, chutou as cadeiras e foi brincar de esconde-esconde. A próxima brincadeira seria o pega-pega.

Sobre girafas e dor

Mia Couto disse que a idade das girafas pode ser medida pelas cicatrizes no pescoço, marcas de lutas e de cortejo, como o amor se escreve na pele dos amantes. Ela sente suas cicatrizes, mesmo sem as medidas do amor. O corpo sulcado que se encouraçou na dor. A pele que habita é uma chaga aberta, mais uma distopia para juntar às muitas que têm vivido. Para tentar dormir, cimentou os olhos, e pensou que a contar pelas cicatrizes, teria mais de cem anos.

Tarô maldito

Embaralhou o tarô e foi dispondo os 22 arcanos maiores em cima da cama. Na carta do Eu veio o Louco, e foi perdendo a confiança. Na casa do amor saiu a Justiça de cabeça para baixo, mas Ela não estranhou, sempre foi assim, a vida toda apenas tentando fazer ajustes. O Eremita apareceu em seus caminhos procurando a chave para que Ela pudesse sair do exílio voluntário. No meio do céu surgiu a Roda da Fortuna, revelando que ainda estava presa ao destino e sem energia para recuperar a memória de si mesma. A última carta foi a Morte, e Ela pensou que só nascendo de novo para ser feliz. Atirou o baralho para longe. Não acreditava em oráculos. Nem em Jung.

Pedaços de mim

O envelhecer trouxe a difícil consciência da fragilidade do corpo. Tenho um amigo que diz que quando acorda sem dor acha que morreu. É assim mesmo. Parece que vamos nos acostumando com os pesos e os pesares que a idade traz.

Um dia é o joelho que dói; em outro você descobre que a coluna lombar está ferrada e faz você se levantar da cama com 100 anos. Talvez a dificuldade de ouvir o que antes ouvia com perfeição e ter que admitir que realmente está ficando meio surda, como os filhos tanto fazem questão de afirmar. E ainda tem que untar o corpo com creme especial e caro para melhorar um pouco a pele tão ressecada de uma hora para outra. Claro, tem os dentes, ah os dentes que antes eram brancos e perfeitos e que agora exigem visitas constantes ao dentista.

Aparecem carocinhos pelo corpo, cistos, nódulos e lesões que assustam e te deixam em suspenso até o dermatologista ou qualquer médico da área olhar e tranquilizar. Pior, vêm cirurgias inesperadas que trazem bengalas, andadores, cuidadores e mais dores. Enfim, o que há de bom na passagem do tempo?

Hoje eu penso que o melhor mesmo é a sensação de continuar fazendo parte deste maravilhoso programa presencial que é a vida. Olhar no espelho e se aceitar, apesar das rugas; ousar buscar a força de braços e pernas com exercícios para garantir manter passeios, viagens e programas que valem a pena.

Agradecer pela família e pelos amigos que suavizam as dificuldades, que compartilham seus medos e garantem segurar as mãos nas horas de aperto. E como é bom continuar a usufruir de pequenos prazeres como ler um bom livro em uma poltrona gostosa. Ver um filme que emociona e traz reflexões; tomar um café cada vez em um lugar diferente para buscar novos olhares. Ver o mar e sentir que o vai e vem das ondas é como a sua vida.

Não há rede social que traga o prazer de participar do amanhecer de mais um dia sem precisar teclar, curtir ou comentar. Juntar todos os pedaços de mim, inteiros ou fragmentados, e mesmo assim, saber que eu sou meu principal seguidor neste caminho, enquanto ele durar.

Agradecimentos

Tudo começou quando meu pai me deu de presente a coleção infantil do Monteiro Lobato. Não parei mais de ler e de escrever. Cursar Jornalismo foi natural, e agradeço diariamente por continuar fazendo o que amo. Em dois momentos especiais na minha vida, senti que havia outro mundo a ser descoberto, além dos textos do dia a dia. O primeiro foi há décadas, durante uma oficina de escrita com Ignácio de Loyola Brandão, em Santos. Ali ele abriu os primeiros espaços para minha imaginação. Eu escrevia, mas sem coragem de levar adiante. Há poucos anos, outra oficina, agora em São Paulo, com o escritor José Santana Filho, que novamente despertou a vontade de retomar outros cantos para explorar a palavra. E aqui está o sonho, a descoberta de outras vozes em mim. Espero que gostem.

Este livro foi composto em Minion Pro
e impresso em papel pólen bold 90 g/m²,
em abril de 2025.

Impressão e Acabamento | Gráfica Viena
Todo papel desta obra possui certificação FSC® do fabricante.
Produzido conforme melhores práticas de gestão ambiental (ISO 14001)
www.graficaviena.com.br